沈奇诗文选集

A COLLECTION OF POEMS AND ESSAYS BY SHEN QI

沈奇 著

【卷一】

中国社会科学出版社

图书在版编目(CIP)数据

沈奇诗文选集（全7册）/沈奇著. —北京：中国社会科学出版社，2021.3

ISBN 978-7-5203-7892-5

Ⅰ.①沈… Ⅱ.①沈… Ⅲ.①散文集—中国—当代②诗集—中国—当代 Ⅳ.①I217.2

中国版本图书馆 CIP 数据核字（2021）第 026550 号

出 版 人	赵剑英
责任编辑	任 明
责任校对	韩天炜
责任印制	郝美娜

出　　版	中国社会科学出版社
社　　址	北京鼓楼西大街甲 158 号
邮　　编	100720
网　　址	http://www.csspw.cn
发 行 部	010-84083685
门 市 部	010-84029450
经　　销	新华书店及其他书店

印刷装订	北京君升印刷有限公司
版　　次	2021 年 3 月第 1 版
印　　次	2021 年 3 月第 1 次印刷
开　　本	710×1000　1/16
印　　张	167.5
插　　页	8
字　　数	2021 千字
定　　价	680.00 元（全7册）

凡购买中国社会科学出版社图书，如有质量问题请与本社营销中心联系调换
电话：010-84083683
版权所有　侵权必究

因诗而为诗学
因诗学而为真诗

"两栖诗者"

为我们见证这一历程

—— 李怡

【卷一】 诗选

前　言

"诗文选集"以"诗选"开卷,顺理成章。

卷一,上、下两编。

"上编",七辑集成。收入1975—2017年40余年间,尚可选留示人的新诗习作90余首,其中包括4首长诗和2组组诗。

"下编"收入21世纪以来10余年间,以汉语"天牛丽质"为"名号",断续所得实验小诗90首。

我本写诗在先,做新诗理论与批评在后,后来反而渐次遮没了诗人的名头,再后来,也便如此习惯了。

"你一直一直都明白/你是个不错的角色/只是总误了上场的时间"——写于30年前某个冬日的《淡季》一诗开头4行,其实已认领与命运握手言和之结局。

人生如旅诗若印,长亭短栈,唯捡拾些许的记忆与尊严。你不是你的归宿,你也不是任何人和事的归宿,唯记忆与尊严之诗,或可为过客的遗产。

故,40年诗作选留,或可归名为《印若集》。

目录

【上编】

看 山

005　上游的孩子
006　致海
009　腹地
010　茶馆
012　巫山神女峰
014　过渡地带
016　那山那人那狗
018　我的太阳
020　看山
022　十二点
023　碑林和它的现代舞蹈者
026　更年
028　如约
030　剥离
032　我住在我的名字里

和 声

037　红叶
038　海魂
040　和声
042　时代
044　蓝色的幕布
046　飞鱼
048　夏日
049　山野回旋曲
052　秋光奏鸣曲
055　悬崖旁　有棵要飞的树
058　暴风雨
059　铃兰
061　草叶
062　枫
063　白杨
066　一棵小树
068　古银杏
069　绿雪花
072　仙人掌
074　无花果
076　白皮松

生命之旅

083 净湖
085 沉积
086 最后的秋天
087 惊旅
089 非悟
090 间歇
094 提示（之一）
095 提示（之二）
096 橡皮
098 淡季
100 浅草
101 生命之旅——一首关于骨折的诗
107 单纯时刻——1991·海南·致刘安
110 家园：主题与变奏

寻找那只奇异的鸟

119 握手的刹那——给 ZF
120 夏风——致 YJ
122 晚秋——致 YJ
123 化雪的声音——给 AL
125 寻找那只奇异的鸟——给 FM
129 未误读的话题——给 NM

132　酒吧物语——给ZB
133　一种方式或冷静的思考——致丁当
135　圣者诗人——致李汉荣
137　时间·生命·诗——致张默
138　秋雨长安寄隐地——致隐地
140　握——致郑愁予
142　绿岛芦花——致詹澈
143　你那颗千禧年的头颅——致洛夫

淡　季

147　秋日的一束阳光
149　秋日咏叹二十行
151　独坐于南方的阳台
153　写作或水晶之旅
157　稻草人或最后的守望者
159　北方冬日的读书生活
161　阳台上的野生植物
162　疏影
164　霜降
165　沈园
167　睡莲
170　世纪（隐题组诗）
174　世纪回声（实验组诗）

印若集

181　月义

182　初雪

183　南方花园

184　慵夏

186　变奏

187　开悟

188　吃鸡

189　后现代

190　后浪漫

191　方向

192　额尔古纳印象

193　甘南印象

194　雪域——致青藏高原

197　永生——致缪斯和她的女儿

199　我们的故事（之一）

200　我们的故事（之二）

202　李笠家的花园——写给李笠

205　没有穹顶的教堂——写在"第16届哥特兰国际诗歌节"

207　人质

212　祭母四章

尔　后

227　尔　后——残句系列

下编

天生丽质

263	云　心	278	子　曰
264	茶　渡	279	静　好
265	雪　潋	280	缘　趣
266	小　满	281	禅　悦
267	青　衫	282	野　逸
268	胭　脂	283	提　香
269	琥　珀	284	灭　度
270	岚　意	285	光　荫
271	依　草	286	子　虚
272	上　野	287	悉　昙
273	让　度	288	如　焉
274	本　相	289	羽　梵
275	古　道	290	本　康
276	高　原	291	格　义
277	朗　逸	292	拈　花

293	如	故	319	放	闲
294	初	证	320	始	信
295	大	漠	321	暮	春
296	野	葵	322	香	君
297	秋	白	323	冷	梅
298	归	暮	324	叶	泥
299	虹	影	325	深	柳
300	松	月	326	桃	夭
301	听	云	327	艾	风
302	浮	梦	328	菊	生
303	红	尘	329	水	仙
304	秋	瞳	330	宽	唐
305	微	妙	331	芬	芳
306	怀	素	332	女	书
307	种	月	333	古	早
308	秋	洗	334	发	濛
309	风	流	335	素	秋
310	出	魔	336	微	醺
311	仿	宋	337	怀	沙
312	佛	子	338	雨	鸰
313	暗	香	339	含	羞
314	晚	钟	340	秋	千
315	杯	影	341	烟	鹂
316	孤	云	342	彷	徨
317	别	梦	343	鸽	灰
318	烟	视	344	桑	释

345 青　檀
346 若　忘
347 木　心
348 原　粹

349 黑　泽
350 抱　朴
351 清　脉
352 星　丘

【上编】

看 山

《看山》，公开面世的第一部诗集
以"校园文艺内部交流资料"为名
自费印制送诗友求证存念
收入短诗38首，组诗1首，长诗3首
写于20世纪80年代的主要代表作基本存留此集
诗友渭水策划编印，高大庆设计封面，1988年版

上游的孩子

上游的孩子
还不会走路
就开始做梦了
梦那些山外边的事
想出去看看
真的走出去了
又很快回来
说一声没意思
从此不再抬头望山
眼睛很温柔
上游的孩子是聪明的
不会走路就做梦了
做同样的梦
然后老去

1984·春

致 海
——北方之河

许多个世纪以前
我就出发了——

在干旱的大陆的腹地
在眩目的高原
哑默的山谷
在岩洞
茅屋
干草堆
在石头做的枕头上
给我的男人们和女人们
讲述着你,讲述着
一个老得不能再老的
童话

于是我的女人们
不再为没有爱情的黑夜
感到苦恼了
于是我的孩子们

不再为没有玩具的白昼
感到寂寞了
于是我的兄弟们
石头般强壮的兄弟们
变得越发老实了
——所有的山里人
矮个子的山里人
眼睛都陷下去了
古潭般地向往着
一个大个子的海

……谁也不清楚
（连我自己也不清楚）
这向往有无结果
那童话是否真实
——那海，是否真的
　　有那么大
　　那么美
　　那么慈爱地包容
　　一切的生命

真的，我常常
感到害怕——

可是我知道
我没有说谎

我必须走下去
　　　　走下去
　　　　走下去

许多个世纪以前
我　就出发了……

1984·夏

腹 地

离西方很远
离东方也很远
不是真正的南方
也不是真正的北方

风从这里吹过去
吹过去就吹过去了
什么也不会留下
——山照样很秀气
　　水很清
　　　桃花开得很美
一切都静静地
保持固有的面目
保持永恒的童年状态
随和而温良

于是幻想霉蚀为逃避
惯于薄暮月初生
品古人文章……

1985·春

茶 馆

那些见过世面的
喜欢来这里
那些没见过世面的
也喜欢来这里
好像都没有老婆似的
好像都没有家似的
好像都不知该往哪去似的
——那么热热呼呼地
　　待在一起

太老的没有太年轻的也没有
太灵性的没有太糊涂的也没有
总是这么一个不再盼着什么的年岁
总是这么一伙不再轻狂的爷们
好像约好了似的
好像非这样才行似的
——那么舒舒服服地
　　挤在一起

挤在一起，待在一起

喝那浓浓的茶
诉那淡淡的苦
看风景坐到日暮
　　一伙一伙地来
　　一个一个地去
踏斜阳闲把落叶数
归去也——
总还有个家
养孩子养老婆养父母
自己闹了个啥
总没搞清楚
只记得那茶馆
　　　　那茶馆
　　　　　　那茶馆……

从古到今
从今到古

1985·春

巫山神女峰

你拥有太多的想象
太多的想象让人失望

许多人攒了钱去看你
眼睛望得发直
还有人根本就没发现你
嘴上却不敢承认
跟着大家一起喊
真像……真像……

(脚下是船
船下面是古老的长江)

其实你只是一块石头
一块像女神似的石头
光辉而不实用
你不因人们的想象而变大
也不因人们的失望而变小
你那么高那么孤独地
站在那里,只是

一个偶然的结局——
在静寂而威严的悬崖之上
完成一个
不承认空间有局限的
意向

　　（脚下是长江
　　人们叫它历史的画廊）

1985・春

过渡地带

在这里长大的
总想走出去
从这里走出去的
总喜欢回忆

更多的还是留在这里
留在这里——待在
一些古老的植物下面
吃银杏树的果实
看太阳下的风景
风景里的人
不古典也不现代
不自豪也不谦虚
二十几岁便死了心
死了心还不服气
做一些老庄的梦
演一些叶公的戏
然后十倍地善良
让热情和幻想
好看而朦胧地

荒芜在那里

这里不长大树
这里不长大树

1985·春

那山那人那狗

那座山——叫他
想了很久
连他的那只狗
也望着那山出神
一天天瘦下去

那座山其实什么也没有
　　　没有传说
　　　　　没有古迹
　　　　　　　甚至没有名字
林子里的人都这么说
可他还是想着那座山
——每天都看着它而没有去过
叫他觉着别扭
　　　觉着荒唐
　　　　　觉着难受

他终于忍不住
一天清早带着他的狗去了
去了就再没消息

林子里的人也很快忘了他
说从此再不会有这样的疯子
和那条中了邪的狗

而那座山
却开始有了
一个传说

1985·春

我的太阳

我不是总醒着
望着你的存在而自豪
我不是总醒着
有时白天也做梦
想一些离奇的事
灵魂出窍

我不是总醒着
但即使我
一千次一万次地沉入
黑暗的泥沼
我也知道你存在着
像黎明的孩子
不必睁开眼
就知道父亲的存在
呼吸得那样沉着
那样蜜橘般的
芳香与温暖

呵，我的太阳

我的老爸爸
我的骄傲!

只是我总不能克服
另一种好奇
我常常独自走近
你的背影
不认识你似的
想发现一点什么
还想找到外星人
让他证明你不是唯一
地球不是孤岛
在宇宙的另一些
时间和空间里
有另外的妈妈和孩子
用他们的方式
歌唱他们的自豪

也许你真是个偶然
永恒的偶然
但我还是要寻找
必须去找——
我不是总醒着

1985·春

看 山

我们常常要离开城市
去看一座山
看一些很野的地方
对着它着迷
我们知道
那些地方和我们
没有什么关系
我们只是去看看它
看看还回去
回去做各样的人
做各样的人并取得
各样的评语
只是过一阵我们就觉得
心里空空的
就想去看山
看一些很野的地方
然后一声不吭
回到城里
不再注意细小的事物

和烦琐的情势
并渐渐学会了
自己给自己下定义

1985·春

十二点

十二点是只打呼噜的猫
十二点没有耗子没有跳蚤
十二点管闲事的狗也不知逛哪去了
十二点太阳不偏不倚不急不躁
十二点是位没脾气的老太太哼着小调
十二点墙壁很白树很远马路很烫天空蓝得无聊
十二点谁想干什么就干什么连影子也缩成一团
十二点是自由活动时间一个民族都在睡觉
十二点大家都睡得很好看
十二点每个人的姿势都很有个性还不缺乏苗条
十二点谁也不愿放弃放弃了也没什么关系
十二点只是十二点一眨眼就这么过去了

1985·春

碑林和它的现代舞蹈者

他们忽略了孔子忽略得过于坦率
他们忽略了碑林就是孔庙孔庙就是碑林
老年月里谁来这里都要三叩九拜
他们只知道这是公园碑林是它的名字
这城市到处是古迹古迹就是公园
除了这里他们没什么地方好待
可他们也实在昏了头
在如此古老如此神圣如此辉煌
如此庄严的——碑林
跳起了现代舞
他们在火焰般的舞蹈中
忽略了一切
他们忽略
使许多游人都不自在

碑林
这是另一种奇迹
它的存在
足以让一切卑琐的人感到高大
甚而时时品尝到一点永恒的意味

无数重复的岁月里
这些威严的石头书的集合
总是象征着什么代表着什么
充满了各种深刻的含义

可是他们来了——
这些在一场神秘的混乱中
多余出生的孩子
这些听了过多的哀乐
和参加了许多庄严的葬礼的孩子
这些渡过了忘川的孩子
以"雅马哈"的形象
以"迪斯科"的语言
搅乱了碑林深沉的梦

他们
是另一种存在

他们暂时什么也不相信
相信了也很快忘记
他们不准备解决任何问题
只是提出一些问题
他们喜爱跳舞
跳那种无拘无束无规则的舞
在这种舞蹈中
他们找到一种轻松的语言

来说出那些欢乐的秘密痛苦的秘密
爱与愁的秘密
他们反感石头
石头没有水分不承认什么是冲动
而碑林只是碑林不代表其它什么
也没有那么多主题思想段落大意
他们当然知道孔子是谁何谓碑林
并没有撕了历史书当废纸去卖
历史很容易背熟遗传无法抗拒
经验和教训
有数不清的秘书和导演
在那里编排
他们只是忽略
他们喜欢忽略惯于忽略
似乎忽略就是创造
他们忽略
这忽略并不意外

——他们
是一个忽略了的存在

其实他们什么也不是
他们只是来跳跳舞
在好日子跳跳舞
在公园里跳跳舞

1985・春

更　年

似乎没有什么
可再激动的了——
做过观众
做过演员
然后……
重新做观众

　　——待在一个固定的位置
　　不再说什么
　　也不再想什么了

便只爱静静的夜
尤其爱寂寂的雨夜了——
爱过妻子
爱过孩子
然后……
重新爱自己

　　——常常地感到困惑
　　不太认识别人

也不太认识自己了

也许是那一片海让人渴念得太久
也许是那一个夏天向日葵过于执着
也许是那一段时间读书读过了头

　　——吃了太多的老桑叶
　　结厚厚的茧
　　那么温柔地浑圆了

而天继续破晓
而风继续传播着什么
而云雀继续锐声地叫着

　　——突然地不知所措
　　掐灭了烟头
　　骂一声："他妈的……"

1985·冬

如 约

指定是黄昏时刻
总要去阳台站着

看夕阳缓缓烧着
听晚风细细吹着
一支烟低低燃着
一颗心高高悬着
让脑子就那么空着
任回忆胡涂乱抹……

——明知那星儿不可信
　明知那云儿不可托
　明知什么也看不着
　什么也听不着
　只是那么默默地
　默默地站上一会

你没有失约
那一年你没有失约
那一年谁也没有失约

出问题的是那个岁月
出问题的是历史
出问题的是文学
历史称你是"老三届"
文学称你是"理想主义者"
这些你都不记得
只记着到黄昏去阳台站着
就那么默默地默默地
什么也不为地站上一会

——身后是墙
　墙里是家
　家里的灯光
　寂寂地亮着

季节
已是九月

1986・春

剥 离

所有应该证明的
似乎都已证明
你依然未能走出
那片沼泽地

不想再赶乘
最后一班车
没有什么会握住
你暗中伸出的手
所有熟悉的窗户关闭
一片又一片
曾经那么光耀
那么为之苦争的东西
都猝然间老去

——哦，那堵墙
　那堵长长长长的古墙
　开始剥落了

于是你独自坐在

这城市的边缘
饮尽那一抹夕阳
点上一支烟
却不抽完
只是那么可爱地
傻兮兮地坐着
坐成一个孩子
一个上帝
一块石头
一片模糊的风景

——哦，那堵墙
　　那堵长长长长的古墙
　　真的开始剥落了
　　真的……

1986·秋

我住在我的名字里

我住在我的名字里
除了它我再没有别的什么东西
人们只知道我的名字
离开了我的名字人们就不认识我
离开了我的名字
我也就不能认识我自己

我住在我的名字里
我在我的名字里
住得很安全也很得体
我的名字是我的影子
人们说没有影子的人是坏人
有了名字人们就便于找我
找我干活找我谈话
找我的岔子我的毛病
我的不愿告人的秘密
我的……脚气

我住在我的名字里
我在我的名字里

住得太长太长太长
可我必须这样住下去
我知道我的名字对于我
只是个蜗牛壳而已
我知道总有一天
我会为我住在这个名字里
感到腻味感到恶心感到憋气
可我必须这样住下去
直到有一天
我在我这个名字里死去
就那么温柔地
让我的名字埋藏了我
就那么温柔地
让我埋藏了我的名字

我住在我的名字里
我别无选择

1986·秋

和　声

《和声》，早期诗作的第一次结集
也是第一部由出版社出版的个人诗集
收入短诗49首，千行自传体长诗1首
诗人田奇为序《新诗灵魂的回声》
陕西人民教育出版社1989年版

红 叶

如果到了那么一天
爱情和理想把热血烧干
生命就像一片红叶
我也要——
用最后的激情把它点燃
燃成一朵美丽的火焰
燃成一朵
美丽的
火焰……

1975·秋

海 魂

海潮退去了
抛下五彩的贝壳
慵倦的游人随意拾去
——做烟缸
　　　　做项链
　　　　　　做摆设

我　却默默地
把它们一一还给大海
——海的儿女
　　应该在海中安歇
因为，我常常害怕
我拾起的，会是
一颗……一颗
　　沉没在大海深处的
　　水手的英灵
也许，它会突然复活
向我大喊一声：
　　怯懦了吗
　　　暴风雨的幸存者?!

深夜，涨潮了
淡紫色的失眠中
我听见……听见
海涛在呼唤——
　魂兮归来
　大海……

1980·春

和 声

疯狂的岁月,暴风雨
独自地,我创造了我自己

潮汛退去了
细查贝壳的纹理——

一个完整的世界
完整世界的完整印记

……浪的喧嚣风的呓语
声的交响色的分离

静与动的二重奏
死亡与复活的叠唱曲

终于,一切都休止
安宁如深秋的玉宇

苦难的历程
创造的轨迹

于是从自我身上
我发现所有的人

从所有人身上
我看到我自己

是海凝固了贝壳
还是贝壳凝固了海？

多虑，我只微笑着
微笑着眺望这无边的大地

噢，果实否定了花儿
又把花的梦重新孕育

哦，云淡风轻雨细
回忆和思考成了唯一

不，还有幻想和爱
两个晚生的儿女

时时依偎膝下
温存而又淘气

1981·夏

时 代

孩子说——
　　嗨！看那太阳
　　多像一颗蛋黄
　　不，像一个橘子
　　呵不，像蓝天上的
　　一滴红墨水……

老人说——
　　太阳就是太阳
　　一颗恒星
　　冬暖夏热
　　离不得也近不得

孩子暗自嘀咕——
　　这么简单的事
　　他怎么说得那么复杂

清晨
孩子去森林采蘑菇
听见幼芽对枯叶说——

妈妈
我要做你的好孩子
可再也不做
你的影子

孩子偷偷地笑了……

1981·夏

蓝色的幕布

1

夜的眼是蓝色的
海的梦是蓝色的
天空有蓝色的儿歌
远山有蓝色的记忆
湖蓝色的衣裙
带走了春天的秘密

——哦,打开窗户
一曲"蓝色多瑙河"
沉淀了
紫的伤痕
红的标语
黄的贪欲……

2

孩子的眼睛是蓝色的
老人的心胸是蓝色的
妻子买回一块蓝色的桌布
自言自语地说:奇怪

吃的东西里
怎么就没有蓝色的

——哦，血是红的
却在蓝色的脉管里流
太阳也是红的
在蓝天宽广的额头上
只是一粒
小小的痣

3
当所有的人
都穿起蓝制服
生活又会感到窒息

4
蓝色是诗
装不到盘子里

蓝色是幕布
挂在高远的天宇

1981·夏

飞 鱼

是哪一股无常的潮
把他抛弃在这泥沼
有水,却没有波涌
活着,却不能飞腾

海,就在不远的前方
喧响着,召唤着,一往情深
哦,瞬间的回想,眩晕
泥沼里划一个扭曲的"O"

渐渐地,他习惯了这安宁
生的意志屈服于活的惰性
那渴望过的,都归于忘却
那挣扎过的,都归于嘲讽

大海之子成了洼地的居民
任泳翔之身作滑稽的爬行
只是偶尔,在温暖的阳光下
对着怡然自得的泥鳅出神……

终于，一个泛着星光的深夜
他被呼啸的春潮所惊醒——
他犹豫了一瞬，紧缩的静寂
便拼命扑向汹涌的潮汛

然而，海不是温顺的浅沼
一个潮头他便失去了支撑
可他依然踉跄着顺水漂去
枕着波涛，像枕着儿时的梦

他随着残夜一同死去了
苍白的鱼腹泛起一片黎明
留一首怀恋的歌给海鸥
留一颗自由的灵魂给海风

1981·秋

夏 日

整整一个夏天的梦想
成熟了这瓶红葡萄酒
——在酒杯
一片猩红的海
——在心底
一片燃烧的阳光

于是你站起
在浓烈的草地上
什么也没说
只将一个成熟之美的剪影
挂在那棵白桦树旁
一边独自凝望
仲夏夜，幽蓝的苍穹
折射出身后那双
野葡萄般的眸子里
晶亮的星光……

1982·夏

山野回旋曲

你时时独自回望
在下山的小路上

　要带走什么
　要留下什么
　还是又想起了
　那遗忘在山谷中的
　野丁香？

——滑动的音符
瞬间凝固的雕像
冷漠的手指
无意识地将山野
所有的键盘
摁响！

……情感
风释放的奴隶
似一头小鹿
惶然而怯怯地

为山野的美色
自由的呼吸所晕眩
赶紧转身回到
那习惯了的
平衡的栅栏
——却又被满身
　　野薄荷的清香
　　撩拨得心绪不安

只有凝望的眼
两颗蓝色的太阳
——花、泉、树
　　祈祷的山巅
都被这无形的张力
所颤栗
所摇撼
　　升腾起一团团
　　淡蓝色的火焰……

哦，一个诱人的交感
　　一个隐秘的眷恋
投下一瞥最后的目光离去
一个坚忍的理性的晕眩

　　什么也没带走
　　什么也没留下

无法收缩的空间
　　无法解释的意念

只有脚步声
落叶般地
遗响在夏日
成熟的山间

……黎明
归来的风告诉我
山野失眠了
——昨夜
那月光下的溪流
一直在汩汩地
诉说些……什么

1982·夏

秋光奏鸣曲

无声地眺望在
秋日的山岭
湛蓝的诱惑里
裸露我
不再年轻的灵魂

看山野成熟了
荡开金黄的懒懒的
笑涡，粉红的荞麦地
闪过少女明亮的面影
多情的风舒展
干燥而有弹性的手指
指挥岩鹰与大山
古老的、野性的
奏鸣！

没有云，没有
那暴风雨的遗梦
天空，宽广的额头
泛滥海一样的恋情

碧蓝的睫毛，闪动
无边的、宽宥的
明亮的微笑——
使郁积的阴影
也泛滥起蜜一般
甜柔的光晕

啊，美的照耀
光的沐浴
一切皆归于
静谧的狂欢
和深情脉脉的主宰者
——永恒！
血液退潮了
"自我"莫名地消遁
而那久已忘却了的
苦苦的祈愿
又如温柔的灰鸽
向着天穹的深处
盘旋上升……

——于是
对着雏菊的青涩
对着石子的单纯
对着沙滩的曲线
对着遥远的

微微颤动着的
地平线——
解冻的泪
濡湿心的荒地
恢复了诗意的微笑
和羞怯的信任

……无声地眺望
在秋日的山岭
目光随溪流远去
乱发交给长风

瞬间的依恋
失重的惶惑

只有心如秋叶
为着苍穹
那永不可企及的
蔚蓝色的爱情
燃烧得通红……

1982·秋

悬崖旁　有棵要飞的树

悬崖旁
有棵要飞的树

它挣扎着
　　　扭曲着
　　　　　旋转着
像一只受伤的岩鹰
对着天空和太阳
扑闪着沉重的翅膀……

　　哦，一棵树
　　　一棵要飞的树

难道是风一时兴起
把你雕刻成
这大鹏展翅的模样
还是山谷的雷电
突发的灵感
把驰骋的梦想
托付在你的身上

呵，一棵树
　一棵要飞的树——
　一个荒唐的命题
　一个未完成的幻想

你是一棵树哟
——在哪生
　　在哪长
　　在哪死亡
理该乐天知命
管什么寒来暑往……

可是，在一个
银色的夜晚
你相信了
那星光唱的歌！

不！不是风
尽管在落叶的深秋
你也曾
把最后一片心帆
送往远方
更不是雷电
雷电只给你瞬间的清醒
短暂的狂放

呵！你挣扎着
　　　你扭曲着
　　　你旋转着
仅仅为着
那个隐秘的
　　固执的
　　永不得安宁的
命题——
　　　一棵树
　　　怀着飞鸟的
梦想！

哦，一棵树
一棵要飞的树
在深深的山谷
在悬崖旁……

1982·秋

暴风雨

夜,鱼鳞般地被剥落
闪电的手指高傲而又苍白
远远的,涨潮的芳馨
带着原始的记忆
鼓满风的羽衣扑面而来

辉煌的瞬间
迅疾、敏感
任性而坦白
这一刻生硬的理念消亡
隐秘的灵性无处不在
一切亲昵的目光和臂膀
都成为多余
只有雨声
　　　　雨声
　　　　　　雨声

雨声泛过的荒原
有殷红的美人蕉
作疯狂的开!

1983·夏

铃 兰

在夏日
在山间
夕阳无语向晚
青青的苦艾丛中
开着两朵铃兰
像两颗蓝色的小雨滴
落在我心里
像一对纯净的眸子
对着我看

我真想摘下她们
伴我上路
心头忽闪过一个意念——
或许有位单薄的姑娘
夏日里也曾走过这山间
不知为什么不想走了
静静地睡去再没醒来
身儿化作青青的苦艾
雨滴似的小铃兰
是她纯洁的望眼

秋天，我回到城里
回到无数男人和女人中间
猛然发现
这一切都黯淡了
——我的心
只记着那铃兰
雨滴似的小铃兰
  在夏日
  在山间
  在青青的苦艾丛中
夕阳
   无语
     向晚

1983·秋

草 叶

风　因了你
　　而获得风姿
你　离了风
　　便低头无语

哦，我多想知道
假如所有的草叶
都不因风而歌唱
他们会说些什么呢

1981·夏

枫

曾经那么热狂地
胀满了汁液
紧张地期待着
却一直没有结果

直到夏日结束
疯狂的太阳熄灭
才得以半许
自由的选择

——嫁给西风
凝霜的稿纸上
血痕般地洒落
几行斑驳的小诗

把春的梦想
留给未来者

1982·秋

白 杨

村外小溪旁
不知什么时候
长起了一棵
青青的小白杨

整整一个夏天
她　对着——
　　每一片路过的白云
　　每一只路过的小鸟
　　每一朵飘过小溪的野花
唱着她那年轻而热情的歌

——真的
无论什么时辰
我总看见
她的每一张叶片
　　都在不停地
　　颤动着
　　颤动着
为着那不可知的激情……

于是秋来了
秋又深了
仲夏夜浓绿的梦
正变为金黄

夕阳下，秋风
轻轻吹过小溪
不忍心地捡拾
　　小白杨
　　第一层枯叶
送给
　　每一片路过的白云
　　每一只路过的小鸟
　　每一朵飘过小溪的野花

她终于只剩下
树顶的几片小叶子
和那光裸的枝条了
——那最后的叶片
　　像几个小金币
　　挂在树顶
　　纤细的枝条上
　　显得沉重而惊慌

可她们依然不停地

颤动着
颤动着
　　像一架银亮的
　　竖琴上
　　滚动着的
　　几个金色的音符
向静默的大地
诉说着
她那最初的爱恋
和稚气的幻想

……夜
幽蓝的梦中
　　村外小溪旁
　　那白杨
　　那青青的小白杨
　　变成一片
　　仙鸟的羽毛
随着
　　秋风
　　　　去了

1982·秋

一棵小树

一片叶子也没留下
暴风雪
轻而易举地打消掉
她最初的骄傲

她深深地记着
那最后一张叶片
是怎样火苗般地
颤抖了一下
便消失在风雪里

然而她没有认输
甚至没哭
多汁的枝条
依然那么柔韧
且被失败和新的渴望
拉得更直
五线谱似地分割
冬日灰灰的天空
和残雪的冷漠

是的，这
算不了什么
只要地下有根
根里有水
水里有青春的元素
生命就不会荒芜！

于是在深深的期待中
在一个最寒冷的早晨
被霜冻红的太阳
蓦然发现——
一颗、两颗、无数颗
渐渐胀大的芽苞
又露水珠似的
从那小树
从那初恋的小树
从那初恋的小树的伤口
鼓荡着涌出——
带着欣悦
带着信任
和一点点
羞涩的红晕……

1982·冬

古银杏

你真的从未对蓝天吐露过什么吗
长得这样美好的你怎能没有歌声
寂寂的期待中绿了又黄黄了又绿
沉默是你的孤傲也是你的秘密

也许是记住了那个夏天的孩子
为了说出天神不许他说出的话
在你的身旁变成了一块石头
也许你也有过固执难忍的冲动
却从经历了第一次四季的轮回
便永远藏起了那个长长长长的故事

那么你是早已习惯于这沉默的了
却又为何在春风的夜里久久地颤栗
你全部的生命只是对土地的眷恋和忠诚吗
却又为何有那么多那么多深刻的扭曲

1982·冬

绿雪花

可是冬日的雪魂
没来得及回家
被春风染绿了
静悄悄落下……

呵，三月
苹果树发芽
苹果树发芽
黑而柔的枝条上
一片一片的绿雪花

哦，绿雪花
茸茸的绿雪花
身影儿薄，心灵儿哑
只会想，不会说话
可有个大的秘密
在萌动，在胀大
在顺着阳光的枝丫
攀升，迸发！

她的话很多很多呢
她的心很大很大

哦，绿雪花
纯纯的绿雪花
水珠儿似的
星子儿似的
一点犹豫
一点轻狂
一点小小的希冀
赤裸无瑕

她的话很多很多呢
她的心很大很大

记住她：绿雪花
你会长大，却不会老
更不会在夏日迷失
而当秋风吹起
你会重新找到她
并从她的心头
取回一颗温馨的太阳
系缆在生命的黄昏
听她讲一个
圆圆的
总没有结尾的

童话!

呵,三月
苹果树发芽
苹果树发芽
黑而柔的枝条上
一片一片的
绿雪花……

1983·春

仙人掌

全然的绿
混沌的绿
漫不经心的造型
任性而恣意

没有枝
没有叶
没有香气
甚至蔑视花朵和种子
枝就是叶
叶就是枝
摒弃主题与陪衬的逻辑
做一个碧溪的肉身
因单纯而拥有
太阳的意象
山岳的呼吸

哦,仙人掌
你这沙漠的孩子
——叶子的传统光辉已逝

只剩下
　　抗争心理的构图
　　男子汉的韵律
成熟了
　　一个夏天
　　和夏天里
　　绿绿的回忆

1983・夏

无花果

在那个季节
几乎所有的植物们
都不约而同地
以花的形式
表达对太阳的膜拜
和爱的热狂

你却保持沉默
守着哑静的绿寂
独自在梦里
走遍了世界
——没有栅栏
　　没有分类
　　没有……规格

是胆小还是羞涩？
——你只知道
你不会临摹
你把爱的心

深藏在那片浓荫里
——耐住寂寞
　　结
　　　沉甸甸的果

1983·秋

白皮松

在收获与期待的
间隙
在许多苍白孱弱的
形象之后
那么突然地,你
出现在我的眼前
像一支辉煌的乐队
骤然响起
展示——
野马的长鬃
山鹰的巨翼
瀑布跃下悬崖的风姿
鸽群撞碎晴空的旋律
展示纯氧的燃烧
新绿的辐射
海潮的律动
莽原的呼吸
个体与集合的喧哗
形象与构思的统一
——大地之子

雄狮般的浮雕
腾跃在蓝天里

也许没有上帝
却常有类似的情感
在我们的心中
山岳般地崛起
——瞬间的惊异
些许的犹豫
顷刻间
尘封的岁月
雪崩似的
在我脚下剥离
而那沉默已久的
生命的真实形象
又重新
朝霞一般
溅满了心的天宇！

于是我走向你
如红叶走向野火
渴望一次
燃烧的快意

哦，这一切多么熟悉
高耸的树冠

横空倾斜苍莽的诗句
大理石柱似的躯体
云团状的纹理中
有冷峭的虹霓腾起
还有那松塔
那绿色王国的红宝石
那无数心形的小太阳
地母与天公的
爱之果实——
勇士的子孙
巨人的家族！

是的，这是你
我心中的白皮松
在生命的早年
我就用全部的智慧和向往
完整地构思了你——
逝去的岁月里
你几度在我心中消失
却总没有死去
看啊，高高的悬崖上
你依然如此狂热地
挥动无数
向上的
粗硬的
经历了这世纪一切风雨的

手臂，向群山欢唱
你英雄凯旋式的
冲天豪气！

可是不要
不要这样轻蔑地逼视着我
——在你松脂芳香的烘焙中
在你绿色火焰的冶炼中
我的心正重新释放出
金属的光芒
而这躯体，这如稻草人一般
老旧而孱弱的躯体呵
也重新——
像你那铜铸的身躯一样
像你那绷紧的枝干一样
像你那撕裂岩石的树根一样
充满了鹰的饥渴
猛虎的喘息！

在收获与期待的间隙
在许多苍白孱弱的
形象之后
又一次，我
和我所构思的
生命的真实形象
站在一起，并深深地

为这形象所包裹
如铠甲包裹着壮士
期待一切艰辛的
创造的
缀满春天响亮宣言的
生活
重新开始！

1983·秋

生命之旅

《生命之旅》，第三部个人诗作结集
收入短诗 47 首，长诗 3 首，组诗 2 首，早期诗论 5 篇
诗人牛汉为序《序〈生命之旅〉》
诗友丁当致辞《致沈奇》
自撰后记《午后独语》
陕西人民教育出版社 1992 年版

净 湖

幻想总是存在的
也许这是最后一次年轻

我们都画过白桦林
可白桦是不结果的
那里什么也没有
却哄了我们很久很久

当选择成了负担
随意便诱惑了命运

我们在春天患了近视
于是只喜欢看书
写长长的没有地址的信
独自在小路上散步

心不属于任何季节
夜的深处没有梦

我们终于长成了

各自的背影
可以信赖
却不能依托

可幻想总是存在的
当天很蓝云朵很白

1985·春

沉 积

冬天是睡觉的好日子
你却常常突然惊醒

借助黑暗的诱惑
置身于过去
对着想象的窗户
紧张地笑成一副面具
并真实地感到
自己的肉体
正温柔成一片初雪
在一张叫作"床"的角落里
作尖锐的融逝
却又不知该醒着
还是继续……去睡

——总是听见
遥远的什么地方
有一只鸟在唱

1986·冬

最后的秋天

最坚强的叶子
也因了温柔的回忆
而脆弱和敏感了

大树正成为一个轮廓
青春将在另一片叶上辉煌
孤独不再是可怕的了
儿时恐怖过的死亡
临近得这样平静和亲切
而日子不再促迫

就这样——重新开始
微笑着
微笑着
微笑着

不再盼望
也不再沮丧的时候
你便自然地成为
一座山脉

1986·冬

惊 旅

猛地停住了脚步
想回头看看来处

  便忆起那多梦的少年
  在江之源头
  在水之上游
  在小城青青的石板路
  不知何为少女之美青春之美
  却尽日追着
  华发长髯的老人
  看得出神

末了去坐河边
望夕阳流水
逝者如斯……

  ——原来结局
  早已是那时写就
  却依然苦苦地构思了
  一千种式样

一万种风情

便悄然转身
于小小的角落
听梧桐秋雨
确然清凉消息……

　　平静如水洼
　　月光下，照
　　历史无序
　　人生无迹

1987·春

非 悟

春夜年轻
秋夜也年轻
老了又老了的
是那一些
希求什么的
拥挤的灵魂

小溪即海
海即小溪
流去又流回来的
是那一种
寻求什么的
美丽的秘密

——没有故事
只有讲故事的人

1987·春

间 歇

1
又是那个简单
而又空虚的
月亮
按时到达它的位置

——照着你
像照着任何一个
演员或观众
只是熟悉的背景
有些变异

有一种什么东西
从情绪中分泌出来
你开始厌倦
自己的角色
而日子与日子之间
有了更多的裂缝和间歇
再也无法把它们
串成一句

顺口的台词

2

这是一个
不属于任何季节的
季节,半生半熟
孵化出一些
无味的花儿
和没有汁肉的果实

只是徒然地
增加了一些
说不清楚的重量

因为这重负
树终于成为完全的树
不再担心陷阱
也不再梦想天堂

3

一个夏天
就这样,在你心中
缓缓地燃尽了

你证实了它的存在
——你累了

可你不能转身
于是你消失

你的房子从没有盖好过
而你是构想过
许多美丽的图案的
你的家只在你的心里
等待过所有的客人
可他们总是迟到

是你背离了世界
还是世界背离了你

——低下头
在一个倾斜的平面上
你的影子
不再修长而迷人

4
终于认可
生命的局限

凝视：那唯一
不可腐蚀的
湛蓝的天穹
开始同自己握手言和

——用你的左手
去抚慰你的
……右手

找到命运
又失去了命运

望着月光下的花儿
分不清是海棠谢了
还是红烛的泪!

5

只有失眠,依然
如废墟上的野草
在静静的月光中
静静地生长

而最后的格言
是你自己写出——

你的虚伪
来自
你的……真实!

1987·夏

提 示（之一）

当最后一片叶子
很抒情地消失
你便期待着雪
期待着洁白的忘却

总是在不经意的时候
季节悄悄地转换
可你并不急于
去寻找新的情绪

自然只是一种提示
你的灵魂早已在
你的身体之外
长成另一片落叶林
以另一种方式期待着雪
期待着洁白的述说

自然
只是一种提示

1987·冬

提 示（之二）

如果没有感觉到轻松
就不要装着轻松
假如已经错了
就不妨继续去错

你知道严寒是一种力量
一种让生命更有耐性的力量
使人想象着成熟和深刻
可你只想寻求轻松
寻求一种非戏剧性的结果
让你的生命，随你
满是缺陷的性格
自然地铺展开去
成为一段无主题音乐
而不是一颗坚果

——可以拒绝一切
但不要拒绝你自己

1987·冬

橡 皮

你过早地离开了你自己
——再也走不回去

远山亲近而明晰
路很平也很直
可无论是低着头
还是抬起头
都再也走不出
那种潇洒的样子

总是想证明一些什么
总是有很多的借口
很多的想象
很多合理而又必要的压抑
却突然发现
所有的体验都已被人作弊
而秋天已经过去

于是在这个冬季

你把日子捏成一块橡皮

只是狠狠地

擦去一些什么

而不再……修订

1987·冬

淡 季

你一直一直都明白
你是个不错的角色
只是总误了上场的时间

冬天是表演的淡季
天气晴朗的日子
你喜欢独自去到郊外
占有一片暖暖的草地
取出夜里的梦晒晒
再放进心里
便有了淡淡的太阳味
便不再想着舞台
想一些很累很累的情节
便惊喜地发现
当你什么也不是的时候
你却很真实
也很……生动

记忆是重要的
那么遗忘也是重要的了

迷人的日光下
——你的嘴角
向微笑的边缘滑去

1987·冬

浅 草

你的犹豫很多
春天的草也很多

不变的是风
不变的是季节
不变的是寻觅
你总是在找着什么
找得好累好累
便想为轻松找个借口
找到的却只是
你的……人格

而灵魂依然犹豫
而春天的草
依然很多很多

1988·春

生命之旅
——一首关于骨折的诗

！
也许，是过早的成熟
使你重归脆弱

灵魂滞重
骨质疏松
一场最后的大雪
你终于和预想中的车祸
不谋而合

所有的回忆与欲念
聚力于一点
分离于一点
绝非潇洒的自由落体
以骨折的方式
向钙化了的情感世界
向残余的青春
作潇洒的——告别

记忆中的冬天
总是在飘雪……

　　　　；
……舞台消失
不再为角色苦恼
也不再化妆

　　（一道门
　　轻轻关上）

静静的手术室
使你想到
一个夏夜的车站
别了她，你独自
去远方流浪
而半麻的意味在于提醒
不要忘记忏悔
而手术刀如冰冷的初吻
唤起旧歌如梦
"铃儿响叮当……"

　　（一道门
　　轻轻关上）

一种告别的方式
一种拒绝的方式
一种剥离的方式
一种裂变的方式
——猝然间失去
那预定的狂热
再也无所谓
改变与成长

哦,有钟声响起
无影灯下——
一种新奇的疼痛
伴着血液神秘的退潮
将你的生命之帆
导向
那不熟悉的地方

……

室内的洁白
窗外的湛蓝
三月的树如一抹浅灰的烟

梦,自言自语
仰面朝天(花板)
以一种不变的姿态
品味幽默感

躺着就是站着
世界缩小为一块床单
唯甜蜜的孤独和放松
使你沉迷于——
全能的想象
自动的写作
潜意识的泛滥

　　（以一种习惯
　　　摆脱
　　　另一种习惯）

一张病床
一种生命的迁徙——
　　由大海而小溪
　　由成年而孩提
　　由圆熟而稚憨
　　由蚕而茧

午夜星空
有彩蝶纷至
无语翩翩……

———

没有春天
春天很少属于你

扑面而来的
是盛大的夏日

等待——
等待重新站起
等待重新歪歪扭扭
向前走去
等待是长久的
却有一种内在的
清醒和蔑视
一种从教堂里出来
望着蓝天的感觉
使你沉着而坚实

　　　（所有的亲密
　　　变为陌生
　　　你的目光
　　　渐渐生长出
　　　一些新的东西）

欢乐是洗礼
痛苦也是洗礼
不必痊愈
在圣者眼里
伤痕也是美丽的

噢，仰起脸

仰起整个灵魂

受孕于——

暴雨般的阳光

　　梦

赤裸的黑礁石

　　爆裂

辉煌的火焰之花

　　和

真实的诗

1989·夏

单纯时刻
——1991·海南·致刘安

是旱季,在南中国海
风的手爽净而明确
白的沙滩,紫的夜
拥一片寂寂的空漠

单纯时刻——
有了海的呢喃你不再述说
只是随意地想着些什么
——想北方
此时正在落雪
那是海多余的激情
在那里散落
便有几个不眠的老友
围着传统的火炉
　　大块吃肉
　　大碗喝酒
　　大声争论着
　　怎样做大学问
　　娶大块头的老婆

成就一番大事业

这样的角色
你也扮演过
只是总不那么专心
并有许多的借口
为自己开脱——
　　比如酒量不大
　　比如神经衰弱
　　比如天气太冷或者太热
　　比如总是想着外面的世界
　　还有很多很多的诱惑……

于是梦境总是失约
于是幻想总是失落
于是你独自漂泊
寻找那只千年的杜鹃
总没唱清楚的歌
于是在旱季
在南中国海
在另一群漂泊者中间
　　你的形象
　　你的本质
　　你的肉体
　　你的灵魂
　　以及你所有的

渴望与失望
追寻与悔悟
痛苦与欢乐
都一起深深融进
这个单纯的时刻！

（他们说：那个晚上
你醉得很厉害
你哭了很久很久
却什么也没说
只是海浪更大了）

——黎明
归来的杜鹃说
你流泪醉卧的那片海滩
有新的盐粒生成
和着波涛的喧响
无语而歌……

1991·春

家园：主题与变奏

一

只有在古老的大树上
才能触摸到
祖先的圣灵

季节无梦——
神话已缺失很久了
所谓幻想，只是
在没有风景的地方
制造一点风景
而那些年轻的小树们
也只是一些
喜欢换换衣服穿的模特儿
可以看看
不能谈心

（日子如落叶纷飞
灵魂昏昏欲睡
生活是一盘反复复制的磁带
只有岁月的年轮

显得深沉）

而终于下了第一场雪
冬天，在北方
在一个普普通通的雪夜里
你开始思考
关于家园的命题……

二

是的，这是一种矛盾
——回忆和向往
　　获得和失去
　　超越和沉沦
以及生存的有无意义
以及石头与必要的水分
以及等等……

在生存的现实
我们无法完整
努力是必要的过程
从那张老旧的床上醒来
你总是要重整旗鼓一番
像雄鸡似的渴望歌唱
可面对的依旧是
墙边的灰尘和窗外
失去神性的黎明

（狂热而后孤默
　　死亡在每一分钟里发生
　　没有谁能扼住你的喉咙
　　你只是怀疑你的声音
　　是否早已失真）

废墟上开的花
只是破灭的象征

三

便想起那个黄昏
在南中国海
在无名的小渔村
一种纯粹的安宁和温馨
使你蓦然止步
不再奔赴
骑士式的追寻

　　（只是静静地坐下
　　坐在棕榈树的阴影里
　　坐在菠萝蜜的幽香里
　　坐在海风舒展的呼吸里
　　摘一朵金黄的仙人掌花
　　作为手的饰物
　　作为某种祈愿的饰物

在薄暮中缓缓燃成
一束烛光!)

呵,神性黄昏
那一刻晚潮如圣乐轰鸣
那一刻在春天
在远离北方的某个海湾
在世纪之尾的
一个普普通通的傍晚
你这大海的异乡者
你这经历过干旱和严寒而来的
北方的老狼呵
如安详的醉兽
热泪奔涌……

四

又一次——重新开始
挣扎是你的本能
也是你的宿命

你说:北方呵
那里有我的根
有我血液的源头
亲人和宿命
我该回去回去回去哟
去古老的河流和山脉中
找寻那曾经的辉煌

和圣洁的绿荫
或者自己栽种
像一个圣徒
怀着三千年的苦恋
让未来的子孙们
在你的树下
有一阵真实的感动

可今夜——主呵
你依然是两手空空！

　　（窗外风雪
　　带着嘲讽的口吻
　　重复你旧日的诗句——）

"没有故事
只有讲故事的人"

五

那一种诱惑
再次临近
你开始白日做梦
梦那些流浪的日子
——一个人
　一支烟
　　一种轻松……

（寻找过各样的门
　　选择过各样的门
　　最终明白了门的含义
　　你已不再年轻
　　而窗户的暗示变为狰狞）

宗教之年
临大海而重温
小溪之梦
家园的命题
解构为无核之云

　　（家园是诗
　　故乡是歌
　　有爱心和友情的地方
　　就有生命的乐土）

那么就走吧——
活得太累的时候
便不要再重复

风越吹越远
花越开越盛
无论是朝圣的钟声
平静的光荣
合理而又必要的修正
都不如换一副面孔

试一试
那块西西弗的大石头
　　是
　　否
你还能推动?!

六

于是，今夜
在北方，在世纪之尾的
一个普普通通的雪夜中
你这经历过干旱和严寒的
老狼呵——
又如一只年轻的小兽
独自走出家门

　　（哦，阳光
　　沙滩，海风
　　以及不可知的命运
　　和漂泊者
　　无羁的歌声）

呵，这一个季节
重新属于陌生
春天的旅途上
没有老人……

1991·冬

寻找那只奇异的鸟

《寻找那只奇异的鸟》，在台湾出版的个人诗集
分"上游的孩子""淡季疏影"
"握手的刹那""寻找那只奇异的鸟"四辑结集
收入短诗54首，长诗2首
附陈超评论
《清峭心曲诚朴诗——读沈奇诗集〈寻找那只奇异的鸟〉》
自撰代序小文《诗梦》
台湾尔雅出版社2001年版

握手的刹那
——给 ZF

握手的刹那
我熟悉了一个童话
一个在西湖的月夜
用柳枝写成的
黑发小姑娘的童话
于是我不愿说再见
只是长久地
在北国，在白桦林
在岁月的回音壁上
倾听：南国的天空下
杏花、春雨、人家

1983·冬

夏 风
——致 YJ

完全是随意性的
一些黄黄的相思树花
和几片绿得不同的落叶
在雨中的石阶上
构成一幅单纯
而迷人的图案……

——她拒绝了创造
只是来自那偶然的风
偶然的雨,再加上
一个偶然发现她的人

假如一首诗
就这样未经构想地
诞生了,则是一种
必然的结果……

——不再理会
装修一新的寺庙

和假装朝圣的人们
在不经意的一瞥中
你，找到自己的
真实与完整

　　……空气清新
　　一些无韵的歌吟浸漫
　　——一幅图案
　　一片树林
　　一些感觉
　　一种久远的力量

——夏日
在雨中的南方之山
你走得很沉着
也很模糊……

　　想象中的远方
　　明年的积雨云
　　闪着白光！

1987·夏

晚 秋
——致 YJ

读这样的信
该伴有一帘秋雨
早已不再激动
却有更深的颤栗
需斜风掩盖冷雨冲洗

　　可窗外秋阳
　　却特地明丽！

便只有待在书房里
寻觅苦涩的诗句
寻觅一些失去的记忆
在记忆中吻着信
吻着蓝天圣洁的额际

　　哦，秋天，秋天
　　秋天里的日子
　　总是这样凄迷……

1990·秋

化雪的声音
——给 AL

化雪的声音
听起来像鸟鸣
实际上真有鸟在叫着
春天就这样降临

这些都是户外
发生的事情,许多年了
我已不再操心节令
不再真实地进入季节
进入植物、河流
……以及爱情

是一阵清亮的
电话铃声
和同样清亮的
你的笑声
在化雪的声音之外
在鸟鸣的声音之外
告诉诗人:是的

春天就这样来临!

——推开窗户
伸出的手中
有一缕柳烟萌生

1993·春

寻找那只奇异的鸟
——给 FM

1
一生都在寻找
那只奇异的鸟
并且苛求
经典和完美

失望是预料中的
结果,只是在
偶然的间歇中
拾到一片羽毛
飘然而至
又飘然而逝……

北方的雪很厚
南方的雨很多
而水晶依旧稀有

2
食、色,以及行走

背景是必要的虚构
风因树而风流
果肉的鲜活之后
是核的坚守

把冰抓成火
冷冷地燃烧
把火化为雪
静静地飘落

话语，成了一种
快意的聒噪
成为口腔多余的功能
与意义无关

眺望，仅仅为了
休息眼睛
与心驰神往无关

而所谓事业
只是一种角色的证明
与永恒无关

唯有性感一词
活跃起来，明白
生命在每一瞬间辉煌

找回的肉体膨胀如树

3
这是最后的狂欢——
可依旧,在彷徨之中
那只特意伸向你的
滚烫的小手,被
错误地折断!

美人在一夜间苍老
作为情人而来的你
成为友人而去
变了味的所谓爱情
像汗渍,印满了
夏日的衣衫
使浸透南方之雨的心
夜夜失眠……

4
了结,是另一种
开始——精神的
交合之后,肉体
化为一片生地
以羽毛作苗
成树
成森林

期待另一个夏日里
那只奇异之鸟的
最终降临，或者
永久失去——

人活着
鸟飞翔
有岸无岸
那片天总是蔚蓝

而那道窗帘
或许
还需要重新拉上?!

曾经深澈的
眼睛
开始起雾……

1993·冬

未误读的话题
——给 NM

实际，实在之际
美人的发茨间
能生就多少诗句

做爱还是作诗
肉体或者文体
以及在场与逃离
这是一个
后哈姆雷特式的
命题——

  （仍是多虑
  仍是虚拟
  仍是一首诗
  代替欲望
  在清醒的重复里
  悄然死去）

失语的季节

只有灵魂山的月亮
还是那样低迷
而另一种目光
在时间之外
在实在的场景之外
照亮另一片风景
而你已经睡去……

　　（仍是矫情
　　仍是拘泥
　　睡觉无须风景
　　美人也要休息
　　仍是老调重弹
　　情绪情绪
　　不算数的）

岁月苍凉，剧场
坍毁在记忆里
窗户和道路，都已
失去原有的意义
只是禅般地坐着
只是看雨、听雨
和雨一起进入
一种流失的快意
并固执地、独自
背对实际，消融于

那片古典的错误里……

(Again and Again
Kiss You
or
Kiss Me
No
还是 Kiss
这些诗句)

太阳照常升起!

1994·春

酒吧物语
——给 ZB

碰响一杯
没有把握的酒
感觉
比命运更真实

鱼的味道
在鱼汤里
酒的味道
在酒之外

窗外有雨

1993·夏

一种方式或冷静的思考
——致丁当

秋天将临的日子
你去了南方
那里还是性感的夏天
所有的血管膨胀
你抓紧四处走走
像一位破产的绅士
海水里泡泡
沙滩上躺躺
喝更多的酒
晒更多的太阳
月光下放声歌唱
或者短促而真实地
爱上一位姑娘
但你不愿作南方人
你只是不喜欢
北方秋天式的伤感
而直接由夏天进入冬天
有一种淬火的感觉
热呼呼的心

和硬铮铮的骨头
使你重新恢复自信
恢复冷静的思考
和坚强的写作
以此来反抗
严寒与死亡

1991·夏

圣者诗人
——致李汉荣

终于，那种拒绝的光芒
开始黯淡了——
你向流浪的人们说
此岸不是归宿

穿过缺憾的阴影
你以绝对的虔诚
以一个永不收回的手势
辞别荒原
辞别世纪的沉沦
将所有诗性的目光
投向那最高的山顶
给碎片似的世界
一个精神整体的投影
和神性的光明

在拒绝了拒绝之后

从另一个维度
圣者孤独地跃入
新的时空！

1993·冬

时间·生命·诗
　　——致张默

出发的日子
已经很久远了
时间的岩石上
终于郁郁葱葱

就这样——
写着，回忆着
大鸟般地鸣唱着
生命之外，是
另一种生命的
生成！

生命很短
岁月很长
季节很自然
诗很偶然

偶然的诗，使生命
也将很长很自然……

1994·春

秋雨长安寄隐地
——致隐地

难得长安
今秋多雨
一向灰头污脸的古都
也就有了些
疏雾、淡烟
露重、风细
有了伞的游动
传递一些
渐渐润展的情绪
和清凉的快意

蝉，也早早地歇了
知与不知，或
禅与不禅
都留待另一个夏季
唯秋虫多了些
絮语，至夜半
竟如鸟鸣般亮起
使失眠的灞柳

恍若又回到了
汉唐的韵律

便裁片雨云作笺
托北雁南去
问友人：何时作旅
——古长安
正是好雨洗旧尘
按古人的说法
有风荷待画
霜叶待题
更何况，雨后的
长安月
很圆、很亮
也很适合
诗的呼吸……

1996·秋

【附记】

丙子年不顺，一夏烦忧，竟至病。拥书听雨小闲中，得彼岸诗友隐地兄来信，多安慰宽释之语，且赠以新版尔雅书，更添闲趣。未几病起，又逢长安今秋多雨，尽洗烦尘，悠然有诗至，寄远释然。

握
——致郑愁予

三杯饮过
你微醺的诗魂
便愈发率真了

登临过高山的人
酿月光为酒
而豪饮的人
此刻,以耶鲁式的沉静
造访古城迟到的春雨
绵绵、密密、浓浓

缘,自根
根自性情
曾经错位的时空
一握如流
如晚钟的轻叩
——这情景
似乎早已经历

临别无语

唯留下

你我的醉意

浸漫

萦回——

千山外

一半是醒

一半是

遥遥的梦……

1997·春

【附记】

一九九七年三月十二日，任教于美国耶鲁大学的诗人郑愁予先生，度春假来西安作访，电话约聚。神交多年，此次初识而一见如故。久知先生善饮，遂以酒话伴诗话，畅叙半日，不觉窗外已是今春第一场细雨晕染就古城薄暮。半醉而别，回家中得此小诗。次日再聚，手书以赠，先生欣然。

绿岛芦花
——致詹澈

乍开花就白了头
提早将秋的心事
说给盛夏听

是以不免有些寂寥
一如苍白的冷焰
刻意灼痛,这夸张于
整个美丽岛的
绿之狂热、之放任
之……空茫

是否,等真的秋了
人们方会想起你
如盐似雪的诗句?

1999·秋

你那颗千禧年的头颅
——致洛夫

老真是老了——
由青山而雪峰
由衡阳而台北而温哥华
少年的黑发白成晚云
将鹰的啸声
留给寂寞……下酒喝

好在气色不错
称得上鹤发童颜
血脉中的那三昧真火
到老
也未少了成色

火与雪的辨证
魔过，禅过
虚无或永恒
原都不盈大手一握

唯你那颗

千禧年的头颅哟

仍壮硕红亮如石榴

随便取出一粒意象

便可令诗的中国

灿然而悦

——至于

头颅下面的

那些身世，还是

留给老妻去评说吧

今夜大雪！

2000·春

【附记】

　　新年伊始，收到海外的第一封信，欣然是诗人洛夫写来的，还附手书一首题为《我那颗千禧年的头颅》的诗稿，以及我在去年十月访台讲学中与先生幸会时，为他拍的一张特写照片。一时欣然，又逢一冬干旱无雨的西安终于落下第一场大雪，不由得拙笔苏动，回和一首，纪念这跨世纪的忘年诗谊。

淡 季

《淡季》，第五部个人诗集
收入短诗 57 首，长诗 2 首，现代诗话 155 则
附陈超评论
《清峭心曲诚朴诗——读沈奇诗集〈寻找那只奇异的鸟〉》
李丹梦评论《诗与生命的同构——关于沈奇的诗》
章亚昕、吕刚评论《沈奇的诗与诗评》
香港高格出版社 2003 年版

秋日的一束阳光

没有一片像样的叶子
值得抚摸，只有
叉起双手，独坐窗前
守着午后的淡漠

而那一束秋日的阳光
就这样不经意地
进入你峡谷般的视野
在一阵轻微的晕眩之后
梦幻般地浮起——

  一条上游的小河
  一只受伤的灰鸽
  一段忧郁的音乐
  一条搁浅的小船
  一次无意的失约
  一列告别家园的火车

然后是城市的灯火
灯火中的寂寞

寂寞中的回忆
回忆中那条上游的小河

　　然后一根早生的白发
　　警句似的坠落！

而那束秋日的阳光
也不再定格
如闪光灯似的辉煌之后
去别的什么地方
照着别的什么
仍留下你的影子
——叉着双手
　独坐窗前
　构思一首
　关于秋天的诗

大意是——
一棵树的丰茂
与一只鸟的
洒脱之间
那永恒的差别

1990·秋

秋日咏叹二十行

这个秋天如期降临
树叶落得很自然
当然树干还依然挺立
依然顽强地期待着
另一次繁荣

这个秋天
没有什么大事发生
你只是去到郊外
看了一位旧日的恋人
为她新增的皱纹
感动不已——

回城的公交车上
望着窗外
单调的风景
你想该为她写首诗
却怕避免不了
旧式的矫情
这与你的年龄不大相称

便默默归去
一夜安睡无梦

黎明的稿纸上
是另一首诗的诞生

1991·秋

独坐于南方的阳台

独坐于南方的阳台,看雨
看南方之雨的来临与发生
雨中树的鲜活、花的凝重
为风所激动起来的灰色云层

这是南方朋友家的阳台
在借来的、南方式的风景中
一种局外的敏感,使你
矜持而又投入,清新而又莫名

如此的感觉里语言模糊起来
拒绝言说如同拒绝矫情
拒绝北方式的焦虑和虚妄
只是将头静静地靠向自己的衣领

靠向雨,雨中滚动的雷声
成为植物淋湿的部分
成为这个黄昏独自亮着的一盏灯
在虚构的情景中等待着恋人

哦，今晚不再打电话
不再提醒自己
涨潮之后，是否
岸会依旧完整……

1993·春

写作或水晶之旅

坐下便是出游
散步不散步
都没关系

1
词，短语
一些分行的快意
一些不明确的感动
汁水和精神

以及盐、刀锋
血的流失
伤口的分泌物
渗出而后凝冻

一颗琥珀，与
一只三叶虫的秘密……

2
心脏，从左边

移到右边，或者
完全从指尖消失

听到的只是
语言的马蹄声声

3
当躯体飘浮
如一节软木
灵魂已散漫如晚霞
播撒晶亮的
太阳雨

4
然后给梦
做一架梯子
扶它上去而后抽离
欣赏一种
传统的自由落体式

猫的脸
一闪即逝

5
而后侍奉、叩寻
以及倾听：词语

光滑面具的后面
那隐秘的呼唤和提示

当分不清：是
你在骑马，还是
马在骑你的时候
你便成为
自己的上帝！

6
无羁的骑士
香客和恋人

离家出走的浪子呵
这一刻
你只热爱你自己

7
水晶之旅——
短暂而热烈的繁殖
单性的自给自足
偶尔成熟的果子
静静地坠落

阵雨之后
听叶面的雨滴

轻轻滑入
酥软的土地

8
而另一只手
伸向你
永不收回——

在制作的人之上
一个更高的种族
绵延不息

9
落英满阶时
无须吹箫

只是静静地
睡去，像一块
醉了的石头
沉入激情的水底

1994·夏

稻草人或最后的守望者

到了这个季节
你还守望着什么呢?

人们已不再喜欢
真正的粮食
他们吃快餐吃广告吃股息
吃电视机里面的东西
以及互相吃着
以及吃自己

连老庄稼人的儿子
也进城打游戏机去了
鸟儿们已习惯了
动物园里的做爱方式

留下还是离去
这真是个
后现代式的命题!

好在还有那个老月亮
陪伴着你的孤寂
没有人的时候
你才自己问自己——
到了这个季节
除了守望着这"守望"
我还能做些什么呢

便留下那个命题
让田鼠们讨论去
便依旧固执地站在
那个错位的风景里

哦,稻草人
上帝和人类的遗迹

1994·夏

北方冬日的读书生活

窗外大雪,屋内没有炉火
暖气暗示着一种城市生活
朋友们都去了南边
只有书待在老地方

随便抽出其中的一本
就那么翻了一个下午
当然什么也没记住
却温暖了不少冷去的情绪

书真是个恋旧的好朋友
随时会来到你的身边
且从不会悄悄地背叛你
兼有情人和仆人的优点

这样想着心情更加舒畅
眼睛中便有两只小鸟歌唱
四十岁的你便如初恋的小伙
数着窗外的雪花静静飘落

是的，当这首诗悠然降临
你并未守着书桌对书凝神
只是坐在电视机前，看一场
荷兰的足球联赛精彩纷呈

那只白色的皮球像只雄鸽
在过去式的北欧上空来回飞舞
你的灵感则如一只懒猫
在今夜的中国北方缓缓地散步

1994·冬

阳台上的野生植物

阳台上的野生植物
在瓦盆里
在想象的风雨中
活了半个夏天

枯死的前夜
它梦见:一只鸟
硕大而完整地
进入它的躯体
随即消失……

瓦盆爆裂
一个词跌落在地
叫着"移植"

而那个晚上
远山的月亮
落得很低很低

1996·夏

疏 影

午后的时光,有如
没有情书的信箱
接纳的……是事务
空落的……是向往

或许还能偶尔写点诗
写一些分行的想象
这些宁静中坠落的词语
像飞鸟衔来的浆果
在日子的平面上,溅落
诱人的光彩、芳香和声响

而终是寂然……有如
一根灯绳管制一片灯光
一个按键切换几种图像
似鸟儿般瞬间飞翔之后
依然要如树一般地站在
现实的土地上四处张望

便不再刻意守候:所谓

诗意的时光、爱情与幻想
看人以人的命运人着
观物以物的形式物着
不再书写别人书写着的书写
不再思想别人思想着的思想

哦，是午后了，人们
在路上，你在"家"中
无由的错位，无端的分离
无意的疏淡与遗忘——
唯残阳依旧，斜斜剪出
一抹清峻的身影作修远的延长

有时心还疼几下
只是很短促
也写过几封长信
却不知寄往何方

1997·秋

霜 降

总是在最为成熟华美的
时节
颓然老去！

没有西风
长安的落叶
照样斑斓了一地

而一阵发自呼吸深处的
剧烈咳嗽，告诉你
秋，已很深了……

尚未穿旧的牛仔裤
锁进抽屉
风衣的口袋里
多了一页怕冷的诗

明日霜降

1997·秋

沈 园

一肩风雨如梦几页稿纸依旧
笔触停在二十世纪末的傍晚
卓越的诗情已化为苍凉的心绪
唯有想象支撑着那不泯的祈愿

想象一座小小的古典庄园
在美丽而幽静的汉江河边
白墙黑瓦前厅后院
竹篱笆上野花开遍
夏天有一池睡莲悠然绽放
如灿灿佛灯把黄昏点燃
秋天有两树月桂守望良宵
似点点心香随晚风飘散
冬日有几棵青松衬住白雪
红泥火炉边与先哲的灵魂亲切交谈
春日有百千彩蝶绕屋翩翩
黄沙小路上将友人的书信细细翻览
午夜里听得清星子们的私语
黎明中推开一窗黛色的山岚

哦，身老秋风心眷春雨
这是你最后的古典和浪漫
你知道这想象代表着一种衰老
一种孱弱以至想缩回童年的迷乱
而你别无选择：路多起来的时候
选择便成为陷阱更成为负担
你只能停住脚步或者干脆退出
在疯长的水泥森林和并未完全
失去神性之光的蓝天白云之间
在沉沦或飞升以及死与非死之间
重新拉上那道诗性想象的窗帘

呵，沈园！沉没的古老家园
一个世纪末的诗人的感叹——
在消失之前残留给我的儿子
或许他会找回这样的宿愿
并在那样的家园里，在一个
书房的小小的角落，轻轻放上
这首诗和一张发黄的父亲的照片

1997・秋

睡 莲

1
睡着开花
也是一种开法
与飞翔的姿态
形成某种呼应

2
既然生如浮萍
便随它去了
也便少了些
搔首弄姿的烦冗

是以爱睡
爱睡着开花
开不产肥藕的谎花
为"莲"的存在
作另一种命名

3
虚根素心

目垂而渺

枕清露时小眠
饮流云常微醺

澄怀关照
观一世界的喧嚷
于沉默中
理解草木性情

4
也有——
呈现于世的部分

一萍浑圆的
绿寂,匍匐水面
为季节的更替
作点说明
或可隐喻
梦想者
平静的面容

5
也有——
了然一悟的开心
在"莲"的词典中

那就称作"开花"了

其实即或开花
也无醒者的
那份缤纷

只是淡然寂然
只是恍兮惚兮
只是借水的道场
委婉地擎起
一盏佛灯似的
幽华，远致
无家可归的
旅人……

6
花谢叶枯时
或有晚钟低徊
在微云的远空

水面了无一痕

1998·春

世 纪
——隐题组诗

那个真实的世界
离我们很远很远

那些荒诞的岁月之后
个性之萎顿便成为宿命，所谓
真理的祭坛，从不会兑现什么
实行过阉割的灵魂
的确很难再年轻再真诚
世纪之痛
界说有待另一个黎明

离别家园，梦失荒原
我
们
很平静地走向沉沦
远山依旧很远而现实依旧
很现实。很无奈时便默默去读
远逝的秋云如歌如梦……

**你累了，可你不能
转身，于是你消失**

你真的很累了——
累于没有归宿也无法
了结而又无望的爱情

可火焰熄灭痛苦依然继续
你知道岁月很长生命很短
不朽的爱如同不朽的诗
能否得到纯属偶然。而假如
转换一个角色，让现代主义之
身躯，与理想主义之灵魂
于解构之后重新整合
是否会出现世纪末之奇迹？

你却发现，那样的你已无异于
消亡，而一切应该
失去的，只能永远失去……

**是海凝固了贝壳
还是贝壳凝固了海**

是上游儿时的困厄，使得
海，成为一生一世的诱惑
凝冻而碎的青春

固然不再激越
了而未了的祈愿，仍如
贝叶心香，于静夜点燃
壳状的人生轰然爆裂！

还乡尚早，漂泊太迟
是秋天了——晚来的成熟
贝
壳般散落于岁月之河
凝眸处，唯青山不老
固有之命运，依旧
了了一身。非魔非佛非幻非真之后
海在更远方无语而歌……

憔悴之后便不再憔悴
纯粹成一泓秋水

憔
悴
之奥义在于——
后主李煜丢了社稷得了佳句
便让他重生一遭还做皇帝
不用怀疑
再好的江山美人他仍会换一副诗人的
憔
悴！

纯然之诗性灵魂

粹而能容

成败不动。有如

一抹无序无核之云沉醉于一

泓死于非死之荷塘

秋阳下，有斯人独语

水静流深……

1992·春

【附记】

　　此组诗仿洛夫先生新创《隐题诗》所作。题为组诗，且缀一组诗总题《世纪独语》，在于此四首诗之诗题，除应洛夫先生创意标题本身应是一首小诗外，合而为一也是一首完整的诗，诗题还是《世纪独语》，读者不妨试以为证。

世纪回声
——实验组诗

原形

那个真实的世界
离我们很远很远

你累了,可你不能转身
于是你消失……

而幻想总是存在的
当天很蓝云朵很白

是海凝固了贝壳
还是贝壳凝固了海

没有故事——
只有讲故事的人

变体 1

而幻想总是存在的

当天很蓝云朵很白

是海凝固了贝壳
还是贝壳凝固了海

没有故事——
只有讲故事的人

那个真实的世界
离我们很远很远

变体 2

而幻想总是存在的
当天很蓝云朵很白

是海凝固了贝壳
还是贝壳凝固了海

没有故事——
只有讲故事的人

那个真实的世界
离我们很远很远

你累了，可你不能转身

于是你消失……

变体 3

是海凝固了贝壳
还是贝壳凝固了海

没有故事——
只有讲故事的人

那个真实的世界
离我们很远很远

你累了，可你不能转身
于是你消失……

而幻想总是存在的
当天很蓝云朵很白

变体 4

没有故事——
只有讲故事的人

那个真实的世界
离我们很远很远

你累了，可你不能转身
于是你消失……

而幻想总是存在的
当天很蓝云朵很白

是海凝固了贝壳
还是贝壳凝固了海

1992·秋

【附记】
　　本诗"原型"五句五小节，分别摘自本人的五首诗作，偶然组合而成。后来又发现这五小节诗句除偶得的原型排列法外，还可以做任意排序的组合，即可得到另一首独立完整而意味不同的诗，遂有了现在的模式。这是对我称之为"纯粹诗语"的汉语诗歌特殊语象的一次文本实验。当然本诗原意，只在以此特殊的方式，记录下一个中国诗人的世纪末之叹息而已。

印若集

《淡季》之后再未结集出版的新作小辑
选收 2000 年至 2010 年十余年间
断续所得之短诗 19 首，长诗 1 首
后收入 2010 年由陕西师范大学出版总社出版
2015 年再版的《沈奇诗选》
此次结集，仍以"印若"为辑名。

月义

是怎样的月光
喂饱了你的想象
准备去做一个
可以抚摸的梦

……早晨的忧伤来路不明
与破碎的风无关
与想象的月亮
和月亮的想象无关

唯几滴雨声在问——
谁，是清醒过的人？

2000·春

初 雪

一落下就得认领
到乡随俗的命——

纯洁是来世的许诺
轻盈是前生的幻影

偶尔还记得……记得
那一瞬间冷艳的燃烧

只是从来不喊痛!

2000·春

南方花园

切开水果,观察落日
心变软,舌头变短
眼中飞过流萤

——意绪陌生
如花香的无名

而阵雨重新下起
芒果的乳房闪亮
故事湿成一片草地

2002·春

慵夏

自然地热着,不开空调
一把扇子加一本好书
接近某种古典的味道

淡远则凉,听任
光芒在窗外喧嚣
懒散如一只胖猫
枕着自己的影子睡了

或有些许禅意,从
水泥和玻璃的缝隙渗出
与一尊古陶达成默契
点染些许祖传的寂寥

而活着有如植物
得有四季才好
服从自然的安排
带点超现实的味道

——以梦喂养

心中兰草

等候秋风拥抱……

2006·夏

变 奏

……午后

没有鸟的天空
没有梦的眠床

鸟变成树
树变成池塘
池塘变成水的意象

梦呢?

梦变成鸟
鸟变成树树变成池塘
池塘变成
水的意象

意象不是诗
是存在的空茫

午后……

2006·夏

开 悟

五十而知天命

睡觉之前不再想
"明天"这个词
且按时吃药
也不再做梦

这是个好习惯
它使你早晨醒来时
有一些些
比较真实的
感动,而且

一转眼就是黄昏

2006·秋

吃 鸡

心情好时吃鸡
吃出比平常
好得多的味道

顺口夸一声
这是只好鸡

好鸡要活着
听到这话
准会提前死去

2006·秋

后现代

野草疯长

大树的影子
在"过路人"
品牌的
风衣上

……缩水

2006·秋

后浪漫

没有鸟的
翅膀
寻找
失落的
远方

不做梦
做秀（show）

2006·秋

方 向

一生都在
反方向行走

将真正的向往
变成远方

背影越拉越长
有如虚构的翅膀

天空依然年轻
老去的是飞翔的愿望

多想回头再来
无奈暮色苍茫

嘘，别给我提示
地球是圆的

2006·秋

额尔古纳印象

想象一生的白桦林
就在这里了——

白银打就的白桦林呵
那么多的黑眼睛、蓝眼睛
褐色的眼睛,都湿漉漉地
将太阳的情话、星光的低语
和莫名的、原始的、细密的
雪的忧伤,静静收藏……

今夜,在额尔古纳
两个早已生锈的词
被同时擦亮——
我的:自然
我的:梦想

2006·冬

甘南印象

僧人是曾经的俗人
青草是曾经的足印

看与被看，谁的手
将人世分为两半？

城市重复欲望
草原重复忧伤

比绿寂更辽阔的
是无名的惆怅

没有措手不及
只是一声叹息

只是伴肥懒的旱獭
静静睡了一会

醒来再悟：俗人
可是曾经的僧人？

2007·夏

雪 域
——致青藏高原

这不是借住的风景
这是世界的原在

高上去——
四千米、五千米的海拔
留存于生命初稿中的雪意
才不会轻易融化

高上去——
高过欲望
高过荣誉
让物质的肉身
复归软弱的实际

然后，在
细草般的呼吸里
开始心虚
开始畏惧
开始举念——

要证明点什么
相信些……什么

然后，再回到低处
我们毕竟是低处的动物
拥有并习惯了
低处的生活——
那些欲望
那些荣誉
那些诱惑难挡的堕落
谁的生命
能完全忽略？

可那些接近过天路的
人们啊
又有谁能忘却——
那蓝天绝望的蓝
那白云无私的白
那只与风对话的经幡
那丈量信仰极限的香客们
磕长头的身影，以及
牦牛眼中的深寒？！

高上去
再低下来——
没有谁能真正改变

这人世的戏码

只是在此后的生命中
你灵魂的深处
便多了一道
不能退却的雪线
并重新热爱
那朵仅仅活在
想象中的
圣洁的雪莲……

2007·夏

永 生
　　——给缪斯和她的女儿

虚构一生的荣誉
被一只手，一只
小小的纤手，轻轻
轻轻抹去……

抹去纹饰，让玉
回到月光与花的呼吸
抹去油漆，让木头
重返青枝绿叶的节日

再从暮色中打捞出
晨辉，烂漫的气息
没有云的日子里，也能
在自己的心里悄悄下雨

或者下一场大雪
静静地埋葬了过去
死去，又活过来
活在只为爱活着的第五季

呵，此后的日子里
我只握住这只手
用她熨平岁月的苦痕
好好接纳阳光和水滴

然后，在最后的憔悴里
让生命复归一张白纸
写一首再也不必重复的
小小的情诗，陪你老去……

2007·秋

我们的故事（之一）

坏鞋还好着
好鞋却早早坏了

羽毛还活着
飞翔却提前死了

舌头还很活跃
牙齿却开始缺席

天空还年轻
风筝却已老去

上帝啊，你陪人类
玩的这些游戏

到底还有没有
一个理想的结局

2009·夏

我们的故事（之二）

性：一堆杂乱无章的动作
　——西方哲人这样说

爱：曾经沧海难为水
　——东方诗人这样说

家：同床异梦
　——中国老百姓这样说

（还能再说些什么呢
你喜欢软的，我喜欢硬的）

世界就这样总是这样
因为人是人生下来的

老钟表呵，老故事呵
都会重复演出没完没了

——黄昏里，是谁

又在唱那首老歌

青山依旧在
几度夕阳红

2009·夏

李笠家的花园
——写给李笠

树木自在生长
苹果自然落下
一双儿女：西蒙和维娜
在这里自由玩耍
一个叫李笠的中国诗人
陪着他的瑞典妻子
喝汉语的下午茶

自由，自在，自然
三个在故土遗失已久的
关键词，被波罗的海的阳光
淘洗得明光水滑
然后进入"自得"的心境
写出你想说的一切话

诗的花园——或许
在这里，所谓诗意
方不是偶尔的降临
而是常在常新的应许？

——瞬间的惊讶中，我
调整呼吸，静静坐下
任那些闪回在旧日岁月里的
记忆和期望，悄悄
悄悄化为一声叹息……

可你，花园的主人
你为什么还忧郁——
偶尔失神的瞳仁里
是怎样的意绪让你不知所措
如花园里时而路过的松鼠
好像存在就是为了闪躲
然后是某种有意味的沉默

而毕竟，我只是过客
烧烤的灰烬已冷，我的
中国式胃病也开始发作
斯德哥尔摩的秋风凉了
惜别中，我只能匆匆带上
花园的照片和晚餐的烛光
让这暂时属于你的风景
留给你自己慢慢琢磨

或者，咱们换一个角色
我代替你留下，做一回
异乡花园的主人，而你

代我回到你曾经的祖国——
我是漂泊，你是漂泊的终结
如此的转换中，花园
隐喻为驿站，你变成我？！

可这样的话题过于沉重
不适合此时的离别
还是回到轻松些的韵脚吧
——我回国养我的胃病
你也该理理你的长发
还有这花园的烂漫，可否
再修剪修剪，好让她
拥有更明锐的芳香
穿越三百六十分钟的时差
传递没有国界的诗话……

2009·秋

【附记】

　　李笠，瑞典籍华裔诗人、诗歌翻译家。2009年夏秋之际，有幸与蓝蓝、赵野、王家新一行四人，应邀出席瑞典"第16届哥特兰国际诗歌节"，期间做客其斯德哥尔摩的花园式住宅多日，感念至深，归来偶成此诗，以志纪念。

没有穹顶的教堂
——写在"第 16 届哥特兰国际诗歌节"

谁　曾在这举行过婚礼
谁又在这里安详地死去
当欲望的盛宴归于虚无
你石质的骨骼还在为谁呼吸

诗：没有穹顶的教堂
一个命名于此成立
以沉默为祈祷，以废墟
诠释平静久远的力量

没有穹顶，内心的广阔
向整个世界打开
让自由的风自由出入
让月光代替烛光把黑暗照亮

没有穹顶，灵魂的驿站
直接与蓝天和白云接壤
和着波罗的海的涛声与浪花
你无声的歌吟通达天堂

此时，我那遥远的诗的故乡
还在东方的夜色中徘徊彷徨
我该怎样对她讲述你的存在
怎样依旧爱着她而不再忧伤

呵，蚀骨的洗礼，不期而遇
谁从这里悄悄带走你的秘密
你童话般的启示为谁所珍藏
当一位东方的诗人挥手别离

2009·秋

【附记】

　　2009年夏秋之际，第16届瑞典哥特兰国际诗歌节在美丽的哥特兰岛维斯比小城举行。诗会的主要朗诵，都安排在位于维斯比中心广场那座已成废墟的圣·尼古拉大教堂进行。诗歌与没有穹顶的教堂，恰好构成一个现代隐喻，遂以此诗为纪念。

人 质

1
一九六八，冬·雪
十七岁的你
在死亡的威胁下
突然长大

只是，快四十年了
你依然不明白
何以一个人的死
会如此严格地制造
另一个人的
慢性自杀

2
那年的岁末
大你四岁的哥哥
在省城的大学
跳楼自尽——
为了几句不合时宜的
言论，和挨批斗时

不堪忍受的辱骂

一米七六的哥哥
化成一小包骨灰
由从未出过远门的父亲
和最疼孙子的外祖母
从省城捧回

那雪一样洁白的
骨灰呵
一夜间瘆白了
母亲的黑发
更让父亲
老了十岁

3
十七岁的你
以哥哥的死，换来
次子升为长子的位置
接收一笔
本不属于你的
苦难的遗产

从此，不再是
原本的你自己

那个冬天
带着兄长的遗物
告别卧病中的父母
你去作"下乡知青"

一夜一夜的失眠
一次又一次地想
是否也该选择
哥哥的选择
因为你太清楚
你的怯懦
远不足于承担
这错位的责任
和无法选择的人生

可父亲活着
可母亲活着
两个弟弟
和一个妹妹
也活着

于是你也得活着
——活成一个
命运的人质!

那一年

你的身高
从此定格在
一米六八

4
多么经典的人质呵
从十七岁
到五十七岁
谁的手挽留了你
那样委屈而执着地
活了下来——

执着得连你自己
都难以置信

也只有你
自己明白
你的内心
早已是怎样的
一片空茫

清水秋无力
寒山暮多思

只有灵魂的火焰
没有改变方向

在微暗的黄昏
让最后的时间
变得温暖而响亮

5
一九六八年
岁末的严冬
记忆中的老家
那场大雪呵
下了很久很久……

2006·春

祭母四章

清 明

三月清明
杜鹃声里
春风只剩残忍

母亲已不在
人世的风景
照样编排
满山的油菜花
开成一片
黄金的海

长跪在墓地
不想站起
膝盖下的泥土
分明还有
母亲的呼吸

艾风弗弗
南山郁郁

这是男儿最后的成熟
失去母亲的照拂
此生再无退路

这是男儿最难接受的悲苦
没有生前的告别
只有死后的哭述

三年哭长夜
生死此离别

早已不再做梦的
老儿子，只想梦见
去世三年的老娘亲

盼梦里相逢
好问问——
地下的黄土可已化冻
烧去的纸钱可已收到
去天堂的路可还平顺
不行的话
我和弟妹

再多回来几次

再给你培些热土

再在春风里拥抱

你那颗

放不下牵挂的心

再不行的话

你就在半路

等等老儿子

过些年

也别了这人世

陪你一路同行

三月清明

墓草葱茏

迎春花举着长明灯

——这大地永生的子民呵

只有它取得了

轮回的许可

年年绿了又黄

黄了又绿

在时光的背后

涂抹孤寂的生意

填补岁月的裂隙

从此，老家
已不再是一所
闪跃着温馨炉火的
老屋，记忆的方位
总是不由自主地转向
祖坟的山冈上——
母亲的墓地
白色的小蝴蝶
伴着纸钱的残灰
盘旋飞舞……

南山郁郁
艾风弗弗
菊的花圈里
母亲的仪容
铭心刻骨！

三月清明
杜鹃声里
春风只剩残忍

腊 月

腊月是母亲的月份

一年等一回
等儿女们
像候鸟一样
匆匆归来
又匆匆离去

此时的母亲
总是喜欢
在向阳的窗前
摊开儿孙们的照片
一张张看完
看出满脸的笑
和一些淡淡的伤感

最后的几年
腊月里的母亲
多了一份心思
总对邻居说
儿女们都怕冷
可别让她
在冬天死去

腊月
是母亲的月份

一生好强的母亲

活到八十岁的腊月天

还要带着病

用最后的气力

备好年夜饭

在最后的等候中

撒手离去——

300CC的脑溢血

夺去你最后的团聚

死亡的侵入

改变了一家人

血液的温度

连死都要惦念儿女冷暖的

母亲呵——如今

我们都活着

就你一人走了

走在腊月的冷冬天

让年的记忆

被严寒吞没

从此没有暖意

腊月是母亲的月份

失去母亲的腊月呵

除夕的鞭炮拿到墓地放
守岁的苦茶就着思念喝
含悲饮祭酒
泪眼望清明!

五 月

五月过端阳
一天一个好太阳

外婆说——
母亲出生的那个日子
天蓝得像青花瓷盘

从小就记住了
过了端阳二十天
母亲的生日
一直在心里惦念

——如今
吃一次好饭
想一回老娘
母亲啊
人世的好饮食

你再不能品尝

多想求上天降恩
让母亲还一次魂
还你女儿身
还你菩萨心
还你青瓷盘的蓝天下
舞动青春的腰身

再做一回新娘
再嫁一回先生
再生一回我们兄妹
再做回我们的老娘亲

再为我们腌咸菜
再为我们织毛衣
再送我们出远门
再迎我们回故乡
再多活些日子呵
好让白发的老儿子
歇下心来
陪你拉家常

五月过端阳
端阳是心伤

再好的大太阳
晒不暖心里的凉！

只能静静地
守着母亲的遗像
置一钵清水
燃一炷心香
再放上一部
妈生前爱看的书
陪着妈慢慢读……

恍惚间又看见
五月里的母亲
一丝不苟的白发
细碎花的夏衣
坐在向阳的窗前
看儿女们的信
翻子孙们的照片
桌上的一束栀子花
散发淡淡的香甜

刹那间的永恒
整个岁月
红尘的纷扰
突然变得那样可笑

唯有心中的宁静

如菊的清影

映照记忆中的母亲

比真实的母亲

更真实

也更凝重！

五月过端阳

外婆说——

母亲出生的那个日子呵

天

蓝得像青花瓷盘

故 土

落叶归根，现在

根在何处？

没有母亲的照拂

哪里是故土？！

现在——

母亲和母亲的母亲在一起

一起安息

现在——
儿女和儿女的儿女在一起
一起焦虑

一夜冷去的
是残留的亲情
一步跨进的
是无边的薄暮

而时光不再流逝
它停在这里——
腊月二十九
母亲去世的日子
所有的未来停在这里
所有的过去停在这里
停在人生最后的驿站
最后的虚无
和苦难的底部

……融冰的过程
化雪为蝶的过程
无语的黄昏里
谁帮我们修正
生来的宿命？！

母亲往生
这世间
儿女只是借住

而所有的善
到此结束
也结束了
所有的累和苦——

什么也没实现过
什么也没改变过
只知道,不久
我也会来这墓地安息
那时,母亲啊
儿子生前欠你的
再在另一个世界里
慢慢还你……

三年哭长夜
生死此别离

残余的日子里
无论是哭还是笑
都是默默的

无母何恃
故土不复

唯杜鹃声里
划过艾草的风
向晚低述——

此岸没有归宿！

2010年2月1日于母亲逝世三周年

尔　后

专辟长诗《尔后》为第七辑

自《祭母四章》后，潜心《天生丽质》实验之作，再无旁顾

却于 2016 年岁末，忽来别思，三日成就五百行，欣然所得

后有幸获《钟山》文学双月刊激赏，于 2017 年第 2 期刊出

复得《长河》文学丛刊 2017 年春季卷总第 4 期再刊

晚近创作一特殊收获，特地珍重

尔 后
——残句系列

Stop the world
I want to get off

0
月色朦胧
前世转而今生

佛说：入住
子曰：旅行

1
睁眼看世界
正西风残照
汉家城阙

——尔后
老贵族风流云散
穷孩子喜欢洋调调

2
子曰——
错过古典
便是错过
黎明的呼吸

秋风失远意
故道少人行

3
自从菊花开残后
诗句也残了——

圣山
剩山

残菊
残句

斯人独憔悴！

4
当西语的诗歌之树
享用"天空的整个拱穹"
"在内部思考"

木质的纹理，如何
具有岩石的气质
并"将风的变化无常
化为乌有的外形"①

现代汉语的小草
正随风摇曳
乐于旧貌换新颜

5
启蒙盛宴
新民狂欢

——那一年
没落的八旗子弟
给子孙留下
一词心法秘笈
"靠谱"！

——那一年
兴奋的新诗旗手
喊出时代最强音
"我是一条天狗啊
我把月来吞了

---

①转借自［奥地利］里尔克诗句。

我把日来吞了……"

6
——尔后
本根剥丧
神气彷徨①

每一只眼睛后面
跑着七匹狼

7
——尔后
西来
西去

移洋开新的
梦遗，接种
"香蕉人"

8
——尔后
清空
复制
粘贴

---

①转引自鲁迅《破恶声论》。

重启

模仿性创新
创新性模仿

却把他乡作故乡

9

只有"进步"进步着
只有"繁荣"繁荣着

汉语的合辙押韵
换了新款式——
诗经换了湿巾
宋词换了颂词
唐诗换了糖葫芦

以及……广场舞

10

上河的鸭子下河的鹅
一对对毛眼眼照哥哥

唱完这曲信天游
"毛眼眼"去了三里屯
哥哥"插队"西洋国

在医院化疗的
梅表姐,轻声哼着
妹妹唱过的歌……

11
还记得吗——
那一年
外婆寡居种下的榆树
攒下榆钱熬糊糊
救了几个外孙的命

读过书的母亲
抱着外婆说
没了根的失乡人啊
命不如树!

12
白马
黑马
非马

白猫
黑猫
非猫

——汝非马猫
焉知猫马无知乎?

13
解字： 忙

亡其心
而不知
何以亡之

14
……七点半的迷茫
狗，和人，和远方

狗的眼神实实在在
人的眼神虚虚晃晃

夕阳在楼群的后面
露了一下脸，看见

在那遥远的地方
有位想进城的姑娘

15
……清晨，上小学的
孙子，从另一个城市

打来电话:"爷爷
你那有罐装新鲜空气卖吗?"

记否
记否

两个黄鹂鸣翠柳
一行白鹭上青天

16
解词:自惭形秽

若根本不知
何为形秽
又如何自惭呢?

只能是"自残"了

17
奈何?!

当腹部
高于胸部

血,便转换为
另一种血

18
——尔后
茶道式微
喝茶成风

诗道式微
写诗成疯

以及减肥,或
与国际接轨

19
会当临绝顶
更上百层楼

……天边飞来
故乡的云?

20
——有用吗?

喝茶有用吗
写诗有用吗
上楼有用吗

如果没用
何以那么多人
在喝着在写着
在争先恐后上楼着

如果有用
何以
什么也没有改变?!

21
是物象之乱
导致心象之乱?

还是心象之乱
导致物象之乱?

22
解词：不以物累

子曰：物何以累?

知否
知否

汽车人类一声吼
地球也要抖三抖!

23
连死亡也变调了

——现代性死亡
一种"按揭"
以及"分期付款"

惶惶不可终日
死无葬心之地

24
——尔后
小猪问猪妈妈
活着的意义是什么?

25
子曰——

说,还是
不说

这是个问题

26
"我们不常洗手

但天天洗心"

一位藏族画家
在草原上对我说

——回到城里
我和我的我们
洗手洗得更勤了……

27
灰尘很厚
前现代的灰心情
也很厚
扫也扫不尽

雪花很薄
后现代的浪漫主义
也很薄
落地就化了

28
生命原本是一次错误

一个低级的错误
引发后来
或许依旧低级

或许稍许高级些的
新的……错误

也或许爱情
可以对这些错误
做点弥补
——尽管本质上
也无济于事

29
人论
论人
回到常识
无非三点

——人是一种动物
——人是人生的
——人是人所可能的
感知与表意

30
生命的厌倦
是从对肉体的
厌倦开始的

这是上帝巧妙的安排

31
听听马拉美的叹息吧——

肉体是悲惨的
唉,我读过所有的书籍!

32
残阳夕照中,那有如
狮子般的海明威
对崇拜而热恋他的姑娘说
"我已没有权利爱你了"
然后老泪纵横……

——他说的是"身"
而非"心"的权利

33
如果　没有
遗忘的"端口"
生命的苦难何以承受?

如果　老来
不能望着夕阳发呆
所有的自然死亡
都无异于自杀!

34
子曰——

向死而生
伪美而活

35
——尔后
上帝说要有光
于是就有了光

光在三棱镜的
分析中，是七彩的
光在人的
视网膜中，是白色的

趋近于"无"的"白"

36
——尔后
上帝说要有人
于是就有了人

人在人世间
散居

而各享清扬
聚集
而共成黑暗

"无"中生"有"
的　黑暗

37
佛说——

无痒
何来挠痒?

闲云有远待
寂水无虚念

38
解词:净空生辉

天空
心空
因为干净
自然格外生辉

39
解词:元一自丰

元者本
本者根
根自生命编码
之初稿

而抱元守雌
而定于一
而自丰丰矣!

40

子曰：人类
有两个发明
最是折腾人——

一曰"镜子"
（包括哲学）
自我鉴照

一曰"美酒"
（包括艺术）
自我麻醉

两厢折腾
恍兮惚兮
一会清醒

一会糊涂

41
——尔后
过量的符号产出
会不会把我们
困在什么地方？

42
——尔后
在成为完全的
机器人之前
我们是否
要先行经过一个
"符号人"的阶段？

43
说，还是不说
这是个问题

思考完这个问题
张三不再羡慕李四

44
解词：基因

汉语基因——
一字一诗
一音一曲
一笔细含大千

——尔后
道法自然
天人合一
与物为春
岁月静好

45
古早味的汉语啊——

执子之手
与子偕老

采菊东篱下
悠然见南山

人语
物语

初雪微风
暗香梅花消息……

46

解词：悠长

有悠闲之境
方得岁月久长

无"悠"
"长"也是空洞

47

大路走乏了
也走厌倦了
不妨弯到小路
优哉游哉——

柳暗花明中
洗心明目后

你成了你自己
的"先锋"
或……"情人"

48

——这年月
能从一碗自己熬的
白米粥里

喝出淡远清香的人
是有福的了

49
子曰：最高的爱情
是自己同自己谈恋爱

或曰：知，是比爱
更高级的一种爱

50
丝绸之灵魂
春日之桑柔

女儿的笑颜里
有祖母的回首

51
子曰：把某种卑微
坚持到底，便是
把某种高贵坚持到底

或曰：你只能
在自己身上
找到你自在的依据

52
出而入之
静而狂之

清通烂漫
无所俯就

纯真而光芒的翔！

53
子曰：这世上
最可珍重的爱
是能从爱的对象中
爱到我自己——

花间一壶酒
对影成三人

54
解字：静

得"静"
方"争"得"青"

青涩
青春

青草般的葱茏里
掠过青青的想

55

花，不需要赞誉
对花最好的点赞
就是指认——
这是一朵花

树，不需要赞誉
对树最好的点赞
就是指认——
这树还活着

56

读孩子的眼神
有如读春天
刚睡醒的
叶芽的眼神

群树的呼吸
水晶的歌吟

57

在自然的物中
你看到人性的光芒

在物的人中
你看到自然的荒凉

58
在现代汉语的
带状疱疹里——

你理解了鲁迅
也理解了陶渊明

59
小时候怕狼
长大了怕鬼

老了老了
反而怕起人来

60
——尔后
见山不是山
见水不是水

"乡愁"也不是
那个乡愁！

61

子曰——
人，可以无奈于
被命运所奴役
但，绝不可
自己奴役自己

或曰——
人，可以无奈于
自己奴役自己
但，绝不可
被命运所奴役

62
问题是：个人何以能
自外于命运之外？

或者说：个人何以能
拯救个人的命运？

63
佛说——

将一种误会
坚持到底
就足以看清

"虚无"的本质

64
……当孩子们
以网络的口吻
说着"淡定"一词

你只能留守自己
"淡定"后面的
那一点旧心情

65
——尔后
老子问"新人类"

一生二
二生三
三生什么?

答曰:三生幺蛾子!

66
——尔后
庄子鼓盆

今夕何兮

手机手机
何兮今夕
菩提菩提

爱咋咋地！

67

子曰：这世界呵
注定难以美好
因为人是人生的——

那些已然坏死的
老旧的故事
都会一次又一次
重复上演

68

解词：翻身道情

九九七十一
富汉靠车立
寒也不再寒
饥也不再饥

只是心发虚

69

……还记得吗

那一年——

长工的儿子哭了

地主的儿子也哭了

那一年啊

故园的文君竹

全都开花死去!

70

——尔后

雾霾乎?

误埋乎?

"我该如何存在?"

71

子曰:乎与不乎

都无关痛痒

痛痒的只是

变幻万千的梦

72

失落与返回
文本与肉身

书生意气
秋意本天成

——时间的深处
谁的身影，转向
上游的黎明？

73

昔我往矣
芳草萋萋
——那祖先的
遗泽与脉息啊

今我归兮
高楼林立
——那子孙的
纠结和彷徨啊

今夕何兮
菩提菩提
何兮今夕
手机手机

74
水,总是在
水流的上游活着

可那些无辜的羔羊
早已习惯了
顺从风的眼神
向下游张望……

75
当此关口——
被命运清空了的人
也便同时
清空了"命运"

——我们回不去了
我们只能
提前下车!

76
……转换"界面"
重启黎明
今生转而前世

子曰:吾从周!

77
　——尔后
　浮华的归浮华
　忧郁的归忧郁

　何以掷迟暮
　云深不知处

78
　——尔后
　基督在基督的教堂
　观音在观音的山上①

79
　——尔后
　既被目为一条河
　总得继续流下去②

80
　——尔后
　世尊拈花
　迦南微笑

---

① 转借自痖弦名诗《如歌的行板》。
② 转借自痖弦名诗《如歌的行板》。

81
——尔后
月色朦胧……

江畔何人初见月
江月何年初照人

2016 年岁末于终南印若居

【下编】

天生丽质

《天生丽质》是本于"古典理想之现代重构"的理念
及返顾汉语字词思维的一次诗歌文本实验
以重新认领汉语诗性之天生丽质的"指纹"
和现代诗性生命意识的别样轨迹
进而开启生存体验、历史经验及文化记忆的深层链接
期间,《钟山》文学双月刊2010年第6期以卷首头条位置一次性刊发50首
并先后得《诗探索》《星河》《作家》《山花》《星星》《诗歌EMS周刊》
《诗歌月刊》《中西诗歌》《创世纪》(台湾)等
海内外诸多诗歌与文学期刊激赏
总计发表、转载、入选等近600首次
2012年以64首《天生丽质》首次结集,由文化艺术出版社出版发行
如此断续十年,得90首,此次完整呈现

云 心

云白　天静
心白　人静

欲望和对欲望的控制

——人群深处
谁的一声叹息
转瞬即逝

空山灵雨
有鸟飞过

茶 渡

野渡
无人
舟　自横

……那人兀自涉水而去

身后的长亭
尚留
一缕茶烟

微温

雪漱

酒　醒了
雪还没醒

是谁昨夜不辞而别

空空盈盈
一个白里

唯三两麻雀
叽叽喳喳

小 满

夏风醉了
小姑待嫁

收不拢的
小心思
熟一半
生一半

燕子飞过
眼里起云烟

人世的安排
原只是　这
小小的一个满

青 衫

其实早早就嫁了……

嫁与风的小女孩
身儿轻
心思重

莫问梦归何处

藏起旧衣衫
待月影青青

胭 脂

焉知不是一种雪意

深
浅
浓
淡
以及卸妆后的
那一指
薄寒……

揽镜自问：假如
真有一杯长生酒
喝还是不喝

凤仙花开过五月
可以睡了

琥 珀

抚摩一只
青涩的芒果

那玉般的感觉
如白云的焦渴

手垂下——

空出的位置
灰烬依旧

岚 意

云揉山欲活

——风动
那约了黄昏的
佳人
才心动

而山自惬意

依 草

好在那个"依"字
静静地好

花枝招展后
有未落的骄傲
和残余的矜持
在向晚的记忆里
对夕阳说——

"依草"不是"落草"

上 野

上　总是
野野地在着

野野的"在"中
"上"才真正独立了

"野"是自由
"上"是自由的微笑

让 度

本空——

云过山不动
日影淡抹
草色一时凝重

风吹
花开
水流
其实各无情

鹰　或许孤独
而天籁没有所指

——让度

本 相

默牛承佛

青娘
青稞

仓央嘉措的
月亮哟

一夜素心
观
红云如雪

古 道

古道
上游

草色待闲
花腔出岫

喇叭吹酸曲
老日子穷人不穷心

有的没的
天听地听

日影悠长
古风认命

高 原

高　则远
原初的雪意

第五季的呼吸
度佛教的蓝

虚拟还乡
灵魂靠岸

今夜　在高原
不洗澡　洗心

朗 逸

秋深了，云
在天空闲着

植物和动物
忙他们的收获

有信仰的人
是安详的

一尊佛，从寺庙
走出，渴望爱情

长安一片月
万户捣衣声

子 曰

三月年少
伸手摘星

那时的星星
也亮亦亲

探春　惜春
桃花褪尽残红

佛说：放下
子曰：本空

唯惜　唯惜
摘星的那只手
还留些些余温
有仪无痕

静 好

牛粪边开满鲜花
岩石上绣出图画

牛无意养花
石头从来不说话

只是　各自
静静地在着

只是　偶尔
与路过的风说

道可道非常道
静好是最好的好

缘 趣

打开一把锁
再将它锁上

……然后
钥匙丢了

谁的钥匙
谁　的手

你　不说
我也不说

禅 悦

笑到最后的人
笑着笑着也死了

野风问灵龟
何以长寿?

答曰:无哭无笑
只是自然在着

野风还是笑了

野 逸

在风景之中
在故事之外

背景单纯
角色朦胧

野风抹去焦虑
细草剔尽虚荣

白云安适
天心无梦

提 香

香　怎么提
一种悦意

——心到哪
悦意到哪

提香的那只手
如云的无法

灭 度

身在其中
其中有身
何以独化？

一念至此的那人
遂遁木而逝
化身：一尊古琴
引高山流水
抚云卷云舒

——梦醒七点钟
早茶、早点
早间新闻
以及远方亲友的
短信、微信以及……

春风醉人
遛狗出门

光 荫

一唱雄鸡
天
下
白

时间开始了——

儒过
释过
道法自然过
总是新桃换旧符
朝露换朝珠

——而神不再说话

行到水穷处
唯见机器人

子 虚

绝峰一草庐
老僧半间
云　半间

僧闲
云闲
屋子也闲

只有山下的风忙
忙它的万紫千红

或许明日——
云做了僧僧做了云
云再随了风去做了
另一番万紫千红

——总是别说破

悉昙

真水无香
那么清风
也就无痕了

却见一昙如烟
以有来有去
证无来无去

拈花笑听
时令潮人
竞相喊郁闷

如焉

千峰一月明

岩上野菊
数茎清黄
自牧一段香

空妙之界
高过真实
高过梦想

或许如此

羽 梵

浮阁一羽

面南
面北
面东
面西

……或者无极

那只受伤的鸽子
飞哪去了？

浮羽一阁
静日无尘
谁是卷帘人

本 康

和山说话的人
自在本康

和水说话的人
自在本康

羊的草牛的草
……人的心啊

将一块石头洗白
再放回水中

另一种呼吸里
本康自在

格 义

"虚"对"无"说
——你本是我

"无"对"虚"说
——你本是我

"本"对"是"说
——无我则无你

"是"对"本"说
——我在你方在

佛祖拈花　迦南答话
能指所指　都是佛指

拈 花

虎落平阳被犬欺
——一个高贵的
自由意志的晕眩

未几，犬掉井中
听取落石一片！

未几，一只老山鸡
的孩子，喜获启蒙
赶往去养鸡场的
方向，一路狂奔

木末芙蓉花
山中发红萼

如 故

季节如故

远方的自己
回到老屋
重新喜欢
白粥咸菜烤红薯

抑或下午茶后
听杜鹃啼春
看蚂蚁上树

春来发几枝？
——心入根泥
何须逐春飞絮

初 证

最初的力量
是山水之唱和
以及石头的态度
草籽与节令的契阔

最初的力量
是赤脚的女孩
莫名的泪
从莫名的笑涡流过

好花纷纷
自开自谢
好人萌萌
自在自乐

最初的力量
生命与万物
自己的因
唱和自己的果

大 漠

大漠孤烟直

直
烟
孤
漠
大

一沙独白
一世界的天籁
无适
无莫

连苍狼的目光也温柔了

天地清旷
一鸟若印

野 葵

一世界的浮华里
只剩下你的头颅
沉重如初

——怅然回首
大野独彷徨

不再追逐：太阳
相互的光芒
唯火焰的面庞
金黄闪亮

……那一种豪华的孤独！

秋 白

雨声……雨声
声声雨声……

声声雨声里
听：一把旧锁开启
无春
无夏
无语
无……听

唯清凉如寺
任孤独之钟
撞
飞
一天乱云

似
鹰

归 暮

回首处——
河山已然老去

啸声依旧
鬃毛的飞扬依旧
只是眼前的道路
有些模糊
而骑士不知所终

鞭影如梦
如柳丝的朦胧

蹄印散散落落
比残阳重
比月光轻

虹 影

只有光影的歌吟
瞬间永存

澡雪沐耳
听沉云如馨
前世的浪子如约归来
虹非虹
影非影
空门不空

风的手　轻轻
——按动快门

松 月

长臂恨晚
美人在肩

你对悬崖讲的故事
连风也无法翻译

山有多高
月就有多小

（你是说"约会"的"月"吧）

总是梦巢难筑
　——尘世
　　　清影
　　　内心的挺拔

听秋水渐远渐冷……

听 云

灿然一笑
你同自己握别后

便去了一个
不确定的远方

坐下
听云

千里之外
有人因失恋而自残

江月年年照何人？

茉莉花
茉莉花
一段乐曲刚刚结束

浮 梦

接近于透明的
水膜，一碰就破

鱼从荆棘中游过
吐一串梦的泡泡

说：也算一种活

红 尘

红尘　红尘
谁携素手唱秋云

爱我自己的爱
美我自己的美

花落叶尤繁
一抹浓绿
把心香扶稳

秋 瞳

响晴的一个天

斑斓里
核桃
在阳光的纵深处
默默比试——

看谁老得更漂亮!

微 妙

高处不胜寒
是身寒
还是心寒?

——从梦的侧面
问完这个问题
那块顽石
伸出最后一只
感性之手
把秋阳抓个满怀
不再理睬
外在的风景

玉心尽弃
岁月静好

怀 素

树为呼吸而绿
花为自在而开

活到六十岁的诗人
才活出点明白——
汉语的老祖宗
什么时候想起
把头上的那片大天
叫做:"天空"

秋意本天成
——寂水无念
菊影微明

种 月

万影皆因月

种月为玉
再把玉
种回月光里去

怀柔万物的诗人啊
连影子也一一种到
那梅　那菊
那桐　那竹
那细草的摇曳中去了

德将为若美
道将为若居

坐看云起
心烟比月齐

秋 洗

深秋黄昏
茶烟虚拟孤云

未竟的思想
过时的性

时间之滴墨
在记忆中悬空

一只鸟自暮色
飞出而后隐遁

瞬目拈雪
提前过冬

风 流

旷世风流——
"后现代"之后
谁的手将远方的海
煮成"八宝粥"?

花间一壶酒
酒是勾兑的假酒
花是塑料花
愁是真愁!

唯留梦在上游
返乡的路
从来转身即就

安的种子
静的阳光
春日桑柔
谁与携手

出 魔

千红争荣
浮华大派送

时代巨影如树
谁　还眷顾
一脉向下生长的
郁郁老根？

平白无故里
山色有无中

亦真
亦幻

听：松问明月
石叩清泉——
古意南柯一梦

仿 宋

怎一个暮春时节
繁华次第落尽

桃花自忖——
反正要亡
索性烂漫到极致

……显见是瘦下去了
这结局早已命定

尔后
尔后
且看一地残红

佛 子

父爱的手
千年虚著

千年的纠结啊
非易
是难
子不是子
父不是父
佛陀不是佛陀

夏日，在麦积山
一滴泪，一滴
非儒非释非道非基督的
泪，从汉语的眼角滴落！

暗 香

雪拥群山壮
雁引残云飞

如梦古意，邀你
去有或没有的
梅下，站了一会

只是站了一会
听：心中冻土
流出一江春水

晚 钟

没有比现在更暧昧的时刻

——霍然立定
你微笑并沉默

几抹残阳
自远山的云隙
破身而出

悟,或不悟

一月独明
天心回家

杯 影

薄暮月初升
能饮一杯否

尴尬在于——
无论人事还是季节
都不会　因你
心情的变化　而
改变它们的流程

杯空
影空

除了和虚构中的
两只乌鸦
愣了一会神
天按时黑了

孤 云

孤云如佛
独立晴空

孤云不语
也　无雨

雨在心里
语在山溪

其实孤云不孤
孤独的只是

那片再无其他
云彩的……天空

别 梦

梦田春早

早于鸭
早于梅
早于繁华过后
那人世的追悔……

相信了一切
也便遭遇了一切
生来自由
而永不设防的
灵魂啊
收获的只是
破碎的高贵

却问梦归何处?

一地鸡毛
满天星辉

烟 视

天生高贵者
无从伤害
谁能伤害一片云彩?

因纯粹而素宁
而优雅,而
经由凝视的透明
减轻命运的重负

无序
无核

如前世今生的彩排

幕启
幕落

微笑已在
千里之外

放 闲

的事闲放
衣袖自然香
莫念秋风为何凉

了然:"人物"
比之"天物"
总少不了那点
无奈的恓惶

而假若,狗
不再玩"撵兔子"
的现代游戏
狗自在
兔子也安详

知常而明
尽日无梦
远山独苍茫

始 信

繁华一半执于身
寂寞一半执于心

半个月亮升起来
云淡风细人清

今生的骄傲与荒寒
说与谁听？

而或许，繁华
是寂寞的容器

寂寞是繁华的月
——月落有声！

暮 春

人间四月芳菲尽

最初的台词
风格渐失，只剩下
演出的习惯……

你不知道：是否
还需要为残余的留恋
找回初稿中的修辞
只是发现：当
舞台的灯光
愈发明亮时
你的心却更暗了

——也更习惯
在郁积的阴影里
寻找空洞的温存

桃花，人面
夜雨两不知

香 君

把春天做过的
梦，在秋天
再做一遍

互为镜像的投影
有静电触人！

云深不知处
天怜芳草
君子自香

冷 梅

对寒冷的敏感
早已深入骨髓
——不能再等呵

火焰之英
初雪之魂
一花一个拼命

……叶、落红
以及沉默的根
都是后来的事了

叶 泥

绿意阑珊
秋的掌纹
斑斓如蝶

生命原本是一次借住
——种子感恩的
永远只是土地

曾经青春不还家
夕阳黄昏
却化春泥更护花

神的法度
西风残照
高天厚土

深 柳

深刻还是留给腊梅好了

你只想拥有
一怀如云的绿寂
和宁静的窈窕

美目顾盼——
从丝绸的黎明
到棉布的黄昏
然后美目空茫

然后留一点小小的
疼,在夜的心上
在时间的某个裂隙
被记起或者被遗忘

白云淡定
落花安详

桃 夭

命中注定
你是古典的先锋

懵懵懂懂
颠狂了半个早春

——业身自现
真魂儿却去了一边

唉！容颜是无常的
你偷读过人间情书无数

艾 风

苦苦的　静

等五月端阳
陪那个叫"屈子"的诗人
做几天"门神"

礼失求诸于野?!

也曾少可入药
典名"茵陈"
清肝明目滋阴

老亦可入诗
再老便只是禅了
无须打坐，只是

静静的　苦

菊 生

剩山薄暮
有菊生焉

低，低到尘埃里去
再从尘埃开出花来
——这赎身的
轮回啊，依旧
世家风致
清流做派……

薄暮：开花就好
剩山：有菊就好

至于傲霜傲雪的事
便留给梅表姐是了

水 仙

依水而吟
抱石明志
澡雪洗心

慢慢洗，不急
老祖宗传下来的
君子风度
淑女气息
被你悄然洗出
素面朝天的清丽
淹留弥散

散至花非花水非水
石也非石时
听居室主人自语
至诗隐修
大德无胜

窗外柳烟
报晚春消息

宽 唐

老瓜无须敲
——早熟了

家雀无须叫
——自己到

好花无须采
——画上有

心香无须烧
——风知道

知道
知道

猫打呼噜
斜阳话庄骚

芬 芳

春风在花蕾上敲鼓
阳光版的发音：芬芳

邻街女孩，锁骨明媚
走过历史博物馆，撒下
一路唐朝版的笑声：芬芳

芬芳
芬芳

花枝延颈
美人秀项
一夜游子尽望乡

女 书

"女"死了
人　还活着

大写的"人"也死了
性　还活着

"性"死了
命　还活着

浮世的"命"也死了
云　还活着——

一枕黄粱
千载白云
虚无啃了脚后跟！

春尽也
且清凉中做梦
无关风月……

古 早

古是古典
早是早先

错过古典
便是错过
黎明的呼吸

想起早先
便觉衣袖飘动
暗香梅花消息

说来陈词滥调
胜过一地鸡毛

发 濛

夕阳无限好
好在黄昏
上帝的安排有点"萌"

三杯茶
半句诗
两笔丹青

……暮色里
你的身影
共秋水长天
潦潦草草松松

恰一字如书
——濛!

素 秋

你说：做个好梦吧

梦浪漫的花
梦甜蜜的果
可我早已错过了
那样的季节

没有梦，我只是
真实地想着你
像秋天的树
想着春天的雨

你说：那就只长叶子吧
我的心一下就绿了

微 醺

谁给了你这样的勇气
将一坛尘封的老酒
轻易地开启

以美丽为杯
邀烟雨作陪
再找来一个诗的理由：无题

只是不知道
等你真的醉了
我该如何将你扶起

或者当酒杯空了的时候
不必追问：酿酒的人
去了哪里……

怀 沙

火焰包裹着火焰
水包裹着水

我以整个的灵魂
包裹着你
醉还是不醉？

……火锅的至味是
饕餮之后，再就
清冷的月光独饮一杯

思美人迟暮
品江山暧昧

雨 鸽

亮翅试飞时
偏是风雨天气

就此把青春交了出去
获取一种被抛弃的自由
不再保留回身的余地

侧影如矢
将年少的漂泊
推向极致——

诗一般脆弱
云一般亮丽

含 羞

无羞可含的季节
多少生命
张扬成一片废墟……

而因了那最后的
洁癖，那一脉
潜隐在血液源头的
羞涩与信任
你被你自己
深深地伤害了

——孩子不哭！

秋 千

没人荡的空秋千
最是让人伤感

那乘着春风飞升的
有我年少的心事
和青涩裸呈的雀斑

从雀斑到老年斑
哪一只钟拨错了时间
哪一片云飘过眼瞳
腐蚀了视网膜，复明时
清晨已转为傍晚……

而秋千闲着
闲着的空秋千
最是让人伤感

烟 鹂

烟是烟雨
鹂是黄鹂

不是读张爱玲的小说
早忘了人世间
还有这样的丽辞

南朝四百八十寺
多少楼台烟雨

楼台早没了
鹂便不知去了哪里
连炊烟也变味了
雨是酸雨!

只留下这失忆的词
让人失意……

彷 徨

在　城市——
我们失去自己

在　荒原——
我们寻找自己

人群的深处
是人的消失

自然的深处
是自然的荒废

两个深处
两重孤独

两处彷徨
两种寂寞

两种不知所措中
苦无葬心之地

鸽 灰

燃尽了一天的光明
向晚的薄暮是灰色的

燃尽了一生的激情
向晚的壮心是灰色的

鸽灰色的衬领下
谁的容颜一夜憔悴？

寓言的空巢里唯余
一羽年少的心事亮着

桑 释

桑或殇,前世之约
生发一段华章

性感如佛
温润如禅

丝绸的灵魂
通体烂漫

桑者泄泄
行与子逝

时光的茶渍
留记忆筑梦

落花飘旅衣
归流澹清风

静静老去
独自数闲云

青 檀

你发齿的春光
刚住进我心里
就秋天了——

青檀青青
秋水苍苍

曾经沧海,以及
荒唐,一夜化为纸浆
抑或化蝶之必要

——缺你的夏
冬日,案头,纸上
再细细还你……好吗?

若 忘

就这样渐渐淡了
淡淡沉在心底

所谓知己与荣誉
不过一抹流云
的优雅和虚

如果所有的行程
都有尽头，偕行
或远念，意义何许？

杯酒独饮
品端阳艾风
影瘦香素……

木 心

杜鹃枝上，蝴蝶梦中
要执着多久方能悟空

植物的格言按季节生成
木质的纹理酝酿青铜之韵

最终，只有你自己的肉身
温暖了你自己的灵魂

也只有你自己的灵魂
最终温暖了你自己的肉身

……一冬未下的雪
昨夜落下，寂寂无声

原 粹

从芬芳到感伤
——一步蹉跎
便已是秋水长天

爱或许不是谎言
唯当下之狂欢,总难抵
心底的荒凉瞬间深寒

只有:天空、太阳
和自由的灵魂,永远
无所俯就,原粹粲然!

……还有诗心的烂漫
以及孩子眼中,那一抹
兴致勃勃而没有名目的:蓝

黑 泽

暮色更重了
黑……则明

从深寒之境
走出的人啊
跨过那条河
你就是你自己了

只有胆结石
还在顽固地提醒
圆寂有待时日

空山夕照
木心落英

抱 朴

不是"嘘"的一声
也不是"轰"的一声

只一句——
云破月来花弄影
人间百媚
皆成枉然幻形

还债的还债
了情的了情
花红易衰似郎意
水流无限似侬愁

——古善之间
耿耿念念无痕

清 脉

一隅梦醒
又是发呆时刻

——不思考
免得复制粘贴
——不动情
免得郁闷纠结

清空而后保留
纯粹的疲倦
纯粹的劳作
以及必要的冷漠

唯乡愁残梦依旧
柔桑青青
纤云漠漠

——母亲在天上看我

星 丘

星星也会死吗
死了埋在哪里

那划过天际的
一瞬间的亮丽
可是她生前
设计好的葬礼

却也不失凡意
以山丘为墓地
好让寻梦的女孩
来这词里拜祭